ろくでなし
と
ひとでなし

目次

第一章　瓦解

1

スチールデスクに積み上げられた連載原稿のゲラと装丁の色校に囲まれたデスクトップのパソコンのキーを、華(はな)は時間に追われるように叩いた。

担当作家の新刊の刊行月が重なり、やることが山積していた。

編集長の怒声も同僚が作家に詫(わ)びる言葉も、聞き慣れたＢＧＭのように華の鼓膜を素通りした。

五年前に入社した当時は、雑然とした文芸部のフロアに驚いたものだ。

小説誌の校了日が近づくと連載を抱えている作家の担当編集者は泊まり込んでの作業も珍しくないので、梅雨時や夏などは中学の部室のような饐(す)えた臭いが充満していた。

最初の頃は、就職先を間違えたと後悔した。

だが、人間は習慣の生き物だ。

入社三ヵ月が過ぎた頃には、劣悪な環境もまったく気にならなくなっていた。

むしろ、作品を世に送り出す作業の手伝いをしていることにやりがいを感じるようになった。

担当した作家の小説の見本ができ上がったとき、発売日に書店に並んだときに覚えた感動は高校入試で志望校に合格したとき以来だった。

　水無月（みなつき）和夫（かずお）先生

お世話になっております。

八月の新刊の装丁につきまして、是非ご相談したくてメールを差し上げました。

イラストレーター候補四人の参考作品を添付しましたので、ご確認ください。

編集部の意見としましては、ａの杏璃（あんり）さんの柔らかいタッチが新刊の世界観に合っているのではないかという声が多数でした。

もちろん、著者である水無月先生のご意見が最優先です。

お忙しいところ誠に恐縮ですが、月曜日までにご意見を伺えれば幸いです。

どうぞ、よろしくお願い致します。

華はメールの文面を確認して、送信キーをクリックした。

作家とのやり取りには、細心の注意が必要だ。

新人の頃、メールで地雷を踏んで担当作家の逆鱗に触れたことは枚挙に遑(いとま)がない。

宛名に様と敬称付けしたことで、どうして先生と付けないのか！　と激怒した作家もいた。

先生と敬称付けしても、フルネームではなく姓だけで送り激怒されたこともあった。

この二例とも、いまメールを送信した水無月だ。

水無月は四十五歳だが、十七歳の頃に文学賞を受賞してデビューしており作家歴二十八年になるベテランだ。

華は五年前に「極東出版」に入社してすぐに水無月の担当になった。

編集長に連れられて水無月の執筆部屋兼書斎に挨拶に行ったときに、いきなり身だしなみについて二時間の説教を受けた。

当時の華はスカルプネイルをしていたのだが、まずはそれが水無月の癇(かん)に障った。

——君は美容部員か水商売の女性なのか？　編集者にゲラは付き物だ。その長い付け爪で、効率的にゲラを捲れると思うのか？　一枚につき一秒のロスとして、六百枚のゲラなら六百秒……つまり、十分のロスになる。ゲラだけではない。パソコンを打つのも君達の仕事だ。その長い付け爪では、キーを打つにも不便でやはり時間のロスに繋がる。それに、その薄茶の髪色も感心しないな。担当編集者は作家との打ち合わせも必須だ。カフェやレストランで作家と二人でお茶や食事をしながら、というシチュエーションも珍しくないだろう。派手な髪色をして長い付け爪をつけている若い女性と二人で食事をしていたら、周囲はどんな目で見ると思う？　愛人とデートかホステスと同伴か……大部分はそう思うだろう。少なくとも、作家が出版社の担当編集者と打ち合わせを兼ねた食事をしているとは思われないはずだ。そんなふうに思われたら私は心外だし、事実でないにしても釈明する機会もない。なにより、周囲の目が気になって打ち合わせに集中できなくなる。別に知的に見えるようにしろと要求しているわけではない。最低限、編集者らしい節度を守った身だしなみで、好奇の視線を集めないようにしてほしいと言っているだけだ。

編集者らしい身だしなみをしてほしい——この一言で終わる注意を、水無月は初対面の新人編集者に延々と続けた。

もちろん、口うるさい作家ばかりではない。

寛容で気遣いをしてくれる作家も多い。

だが一つだけ言えるのは、どんなタイプの作家にも地雷はあるということだ。

華が後輩編集者に指導するときに最初に言うのは、まずは担当した作家の地雷を探れ、だ。

とくにトラブルの種になりやすいのが、ゲラチェックのときだ。

一冊の本が刊行されるまでには、初校、再校、出版社によっては三校と数回に亘って著者、編集者、校閲者が誤字脱字はないか、文章表現が間違っていないか、物語の展開に矛盾はないか、などのチェックを行う。

作家はプライドの高い者が多く、間違いを指摘されることを殊の外嫌う。

普通は機嫌が悪くなる程度だが、中には誤字脱字を指摘されて激怒する作家もいる。

いま、まさに、華の隣のデスクでこの世の終わりのような顔でスマートフォンをみつめている二年後輩の三島沙里も、ゲラチェックで担当作家を激怒させた直後だった。

「菊池先生、なんだって？」

水無月へのメールを送信して一段落した華は、沙里に訊ねた。

「お詫びのＬＩＮＥも送っているんですけど既読スルーで……」

沙里がディスプレイに虚ろな視線を落としたまま、消え入るような声で言った。

「ＬＩＮＥを送ったの⁉」

「え……はい。電話をかけても出てくれないので」

「駄目よ、火に油を注ぐようなものだわ。電話に出ないのは、直接詫びにこいというサインなの。菊池先生は昭和の頑固親父のイメージそのままの気難しいタイプなんだから、ＬＩＮＥで謝罪するなんて論外よ」

「そんな、いまはコロナ禍ですよ？　ほかの作家さんとの打ち合わせも電話やリモートでやっているっていうのに……」

泣き出しそうになる沙里を見て、華はため息を吐いた。

沙里の言うことにも一理ある。

編集部での作業もマスク着用が義務付けられており、会社も社員にリモートワークを積極的に勧めている。

沙里を脅したわけではない。

菊池は水無月と双璧をなす二大偏屈作家で、これまでに数えきれないほどの編集者が彼の担当になって心を病んでリタイアした。

担当を外れるだけならまだしも、中には重度の鬱を患い社会復帰できなくなった者もいるという噂だ。

コロナ禍という理由で納得させられるタマではなかった。

「あの世代の人にリモートなんかできるわけないでしょう？　そもそも、菊池先生を怒らせた原因はなんなの？」

「次回の締め切りは何日になりますのでよろしくお願いしますと言ったら、急に怒り出しちゃったんです。俺の小説の締め切りをどうしてお前が決めるんだって。もう、メチャクチャなんですよ」

沙里が肩を落とした。

「ああ、菊池先生にそんな言いかたしたら、ライオンの髭を抜くようなものだから」

華はやれやれといったふうに、首を振りながら言った。

「だって、入稿日があるんですから仕方ないじゃないですか？　それとも、菊池先生に締め切り日を決めて貰えというんですか？」

沙里が不満げに言った。

「そうは言ってないわ。言いかたよ、言いかた。いついつまでにお原稿を頂ければ助かりますが、ご都合のほうはいかがでしょうか？　これが正解よ。お伺い口調で言いながら、さりげなく締め切り日を伝えるの。菊池先生だって長年作家をやっているんだから、心の中では締め切り日を守らなきゃいけないことくらいわかってるわよ。こちらが気を遣っているとい
う姿勢を見せることが大事なの。あとは、本当の締め切り日よりも三、四日早めの日を伝え

るのがポイントよ。そうすれば、万が一何日か零れても連載誌に穴を空けなくても済むでしょう？　気難しい作家は猛獣と同じ。いかにうまくコントロールするかをゲーム感覚でやればいいのよ。あんな偏屈親父のためにメソメソしている時間がもったいないでしょ？ね？」

華は、沙里の肩に手を置いて励ました。

「どうしたら先輩みたいな大人になれるんですか～」

沙里が泣き笑いの表情で訊ねてきた。

「男を見る目と同じよ。場数を踏むしかないわ」

えらそうにアドバイスしている華も水無月に何度も呼び出され、叱責、説教されることを繰り返していまがある。

「怒られるたびに凹んでいたら、胃に穴が開いちゃうわよ。作家はね、編集者より優位に立ちたい生き物なのよ。だから、ナメられないようにいつもピリピリしてるの。被害妄想になっているから、少しでも馬鹿にされたと感じたら咬みついてくるってわけ。ほら、臆病な犬ほどよく吠えるものでしょう？」

華は優しく沙里に言い聞かせた。

「やっぱり、華さんは大人です。華さんは、この仕事を辞めたいと思ったことはないんですか？」

沙里が好奇の色を宿した瞳で華をみつめた。

「そんなの、数百回はあるわよ！」

華は即答した。

「どうして、辞めなかったんですか？　私は数百回なんて、絶対に無理です！　二、三回でも、心が折れちゃいますよ」

沙里が顔の前で大きく手を振った。

「私の実家はね、あなたのところみたいに裕福じゃないから辞めるに辞められないのよ」

華は冗談めかしたが、本当のことだった。

華は中野区の実家で「団欒（だんらん）」という食堂を営む両親と暮らしていた。

華が七歳の頃にオープンした「団欒」は行列が絶えない人気店だったが、ファミリーレストランやお洒落なカフェレストランが増え始めてからは客を奪われ売り上げが減少していた。

華が中学生の頃には、かなり生活が困窮していた。

高校生になった華は、皮肉にも「団欒」を経営難に追い込んだファミリーレストランでウエイトレスのアルバイトを始めて家計を支えた。

友人から渋谷や原宿に洋服を買いに行こうと誘われても、華は理由をつけて断っていた。

洋服に何千円もかけるなど、佐伯家ではありえなかった。

華は十代の頃から、フリーマーケットで一着数百円の古着を購入していた。

経済的事情で流行やお洒落とは無縁で、できるだけサイズのフィットした服を購入することで精一杯だった。

食事も家族用に新たに食材を買うことはせずに、「団欒」の余り物で済ませていた。

華が「極東出版」に入社してからは、実家の生活も少しは楽になった。

給料から家に十万円を入れるので贅沢はできないが、それでも学生時代に比べれば自由に使えるお金も増えた。

だが、去年、新型コロナウイルスが全世界に蔓延し、一回目の緊急事態宣言が発出されてから「団欒」は開店休業状態に追い込まれた。

飛沫感染の温床と槍玉に挙げられた飲食店は、四人以下での会食、午後八時までの時短営業、マスクをつけての会食、酒類の提供の禁止……次から次へと規制され、ただでさえ減少していた客足がさらに遠のいてしまった。

協力金にしても丼勘定で経営していたツケが回り、帳簿もろくにつけていなかったので申請できなかった。

学校、映画館、劇場、遊戯施設、デパートなどは休業要請に応じ、各種スポーツや競馬は無観客での開催が命じられた。

　全国の書店の半分以上が休業し、「極東出版」も書籍の売り上げが大幅にダウンして経営状態が逼迫した。

　とくに文芸編集部の赤字は甚大で、派遣社員は真っ先にリストラされ、正社員であっても業績の悪い編集者や既婚者の女性編集者は解雇に追い込まれた。

　それでも緊急事態宣言が解除されたときには、一筋の光が差し込んだ。

　休業していた書店も営業を再開し、さあこれから、というときに新型コロナウイルスの第二波が東京を襲った。

　第一波で受けたダメージから立ち直れないうちに、「極東出版」の業績はさらに悪化した。

　連載小説を抱えている作家の原稿料のダウン、単行本の初版部数のダウン、作家との会食の全面禁止――作家に恨みを買うような大幅な固定費削減を敢行したが、それでも黒字にはならなかった。

　不幸中の幸いは、華が独身であることだ。

　とはいえ、安堵はできない。

　男性より女性のほうがリストラ対象になりやすいので、少しでも業績を上げておきたかった。

現在、文芸部の女性社員は四人。その中で、去年一年間に華の担当した作家の累積販売部数は二番目に多かった。

つまり、三位と最下位の女性社員がリストラされないかぎり、華に順番は回ってこないということだ。

因みに最下位は沙里だった。

「実家が裕福でも、実力社会ではなんの役にも立ちませんよ～。早く私も先輩みたいに、ベストセラー小説を量産したいですよ」

「量産なんて、大袈裟ね。水無月先生のシリーズ物の最新刊が三万部いっただけよ。水無月先生の『極道教師』シリーズは固定読者がついてるから、私が担当じゃなくてもベストセラーになるのよ。でも、三、四万部が限界で五万部には達しないわ」

昨今の冷え込んだ出版業界で四万部も売れれば立派なものだが、編集者である以上は数十万部の大ベストセラーを生み出してみたかった。

なにより、それだけの大ヒット小説を担当すれば数年はリストラ要員にならないはずだ。

コロナ禍で失業状態の両親を養う佐伯家の大黒柱の華が一番ほしいのは、彼氏でも名誉でもなく保証――絶対にクビを切られないという約束手形だった。

「とにかく、菊池先生に電話をしてコロナ自粛で会いに行けないことを説明して、先日怒らせてしまったことをお詫びしなさい。面倒くさがったり怖がったりして放置するのが、最悪だからね」

　華は沙里の頭を撫でると席を立った。

　乾燥して喉がイガイガするので、通路の自動販売機でミネラルウォーターを購入するつもりだった。

「佐伯君」

　編集部のフロアを出ようとした華に、編集長の野島(のじま)が声をかけてきた。

　土色の肌でガリガリに痩せた野島は、いまのご時世に一日二箱の煙草を吸う稀有なヘビースモーカーだが、年二回受けている人間ドックで引っかかったことがないらしい。

　悪い人間ではないが、文芸部の編集長でありながら影が薄く局長の操り人形だと陰口を叩く者もいる。

　因みに局長は元銀行員のやり手で、利益至上主義のドライな男だ。

「なんでしょう？」

「ちょっと、いいかな？」

　野島がフロアの奥の応接室へと視線で促した。

「はい」

華は頷き、野島のあとに続いた。

嫌な予感がした。

野島が応接室に誘うのは、担当作家からクレームが入ったときがほとんどだ。

また、水無月がゴネ始めたのだろうか?

「座ってくれ」

パーティションで仕切られた五坪ほどのスペース——野島が黒革のソファに腰を下ろし、正面の席に右手を投げた。

「水無月先生ですか?」

恐る恐る訊ねながら、華はソファに腰を下ろした。

「いや、今日はクレームの件で呼んだんじゃないんだ」

「よかった……。また、面倒なことを言ってきたのかとヒヤヒヤしました」

華は、胸を撫で下ろした。

水無月が臍を曲げると、丸一日潰れて仕事にならない。

「話というのは、新会社のことなんだよ」

「新会社⁉」

華は素頓狂な声で鸚鵡返しした。

「ああ。『極東出版』の系列会社が五反田にできるんだが、君を責任者にどうかという声が上がっていてね」

野島の言葉に、華は耳を疑った。

「本当ですか⁉」

華は思わず、身を乗り出した。

「ああ、本当だ。どうだ？　興味あるか？」

野島も身を乗り出した。

「もちろんです！　系列会社の責任者なんて、願ってもない話です！　ところで、その系列も出版社ですよね？」

華は、ワクワクしながら訊ねた。

「極東出版」よりも規模は小さくなるだろうが、自分が采配を振れる場所を与えられるのだ。

「出版関係ではあるんだが、文芸ではないんだよな」

「もしかして、雑誌ですか⁉」

華は瞳を輝かせた。

以前から、いつかは雑誌の編集にも挑戦したいと思っていたのだ。

「いや、そういうのじゃなくてさ……」

野島が奥歯に物の挟まったような言い回しで言葉を濁した。

「なんですか？　もう、もったいぶらないで早く教えてくださいよ」

華は、焦れたように言った。

「いま、出版界も書店より通販や電子書籍のダウンロードが主になっている。そこでウチも、通販専門の書籍の管理会社を作ろうと思っているんだよ」

「通販専門の書籍の管理会社ってなんですか？」

華は、怪訝な顔で訊ねた。

「通販サイトに委託すると手数料が高いから、『極東出版』直で通販ビジネスに乗り出そうと思っているんだが、そうなると問題になるのが在庫の管理スペースでね。そこで、五反田に一室借りることになったんだよ」

野島が、視線を合わせずに一息に語った。

「えっ、つまり、それって倉庫じゃないんですか？」

「まあ、そうとも言うがな」

野島が、歯切れ悪そうに言った。

「じゃあ編集長は、私に倉庫番をやれと言ってるんですか⁉」

華は思わず、大声を張り上げていた。

「そ、そうじゃないって。倉庫番じゃなく、責任者だよ」

野島が、執り成すように言った。

「そんなごまかしを言わないでください！　責任者とか聞こえのいいことを言って、体のいい左遷じゃないですか⁉　どうして私が左遷されるんですか⁉　女子だからですか⁉　既婚の人も私より成績悪い人もいるのに、どうして私なんですか⁉」

華はテーブルを掌で叩き、野島に詰め寄った。

体裁など、気にしていられなかった。

系列会社の倉庫に飛ばされれば、いまより確実に給料が下がるはずだ。

佐伯家の家計は、華の双肩にかかっている。

倉庫管理に未来はない。

閑職に追いやられた華は、リストラされたのも同じだ。

タイミングを見計らって、倉庫を閉鎖する気に違いない。

「さ、左遷だなんて、人聞きの悪いことを言わないでくれよ。出版社にとって書籍は命だ。君は『極東出版』の命を預かる大切な仕事を任された――」

「だったら、弘中さんに譲ります！」

華は野島を遮り言った。

「弘中君に⁉」

野島が素頓狂な声を上げた。

「命を預かるというほど大切な仕事なら、文芸部の女性編集者の中で担当作家の累積販売部数が一位の弘中さんに任せてください。二位の私には、荷が重過ぎます」

華は皮肉っぽい口調で言った。

「いや、会社は君を適任と判断したから、そういうわけには――」

「やっぱり、左遷じゃないですか！　それならば、三島さんを行かせてください。彼女は私より成績も悪いし、キャリアも浅いですから。文芸部の戦力になるのは、間違いなく私ですっ」

パーティション越しに声が漏れるかもしれないと思ったが、構わなかった。

倉庫管理に飛ばされるかもしれない瀬戸際に、沙里に気を遣っている余裕はなかった。

それに野島に言った通り、左遷されるのなら順番的に華より沙里が先でなければおかしい。

「佐伯君、私を困らせないでくれないか」

「困っているのは、私ですっ。どうして五反田の倉庫に飛ばされるのが三島さんではなく私なのかを納得できるように説明してください！」

華は一歩も退くつもりはなかった――というより、退けなかった。

「私は部長に命じられただけで、理由まではわからないよ」

野島が苦悶の表情で言った。

「とにかく、こんな理不尽な異動は納得できません！　では、仕事がありますので失礼します」

「待ちたまえ。君に拒否権はない。どうしても従えないと言うのなら、会社を辞めてもらうことになる」

野島が、苦渋に満ちた表情で言った。

ソファから腰を上げようとした華は、動きを止めた。

「私をクビにするということですか⁉」

屈辱と怒りに震える声で、華は訊ねた。

「辞令を拒否するのだから、仕方がない……」

野島が視線を逸らしながら言った。

この理不尽極まりない人事異動が、野島の意思でないのはわかる。

だが、誰の指示であろうと華にとっては同じだ。

「会社に貢献してきた私に、きちんとした説明もなく一方的に倉庫管理をしろだなんてあんまりです！　クビにしたければ、どうぞご勝手に！」

華は啖呵を切り、席を立った。

一か八かの賭けに出た。

クビをちらつかせても動じないところを見たら、野島も諦めるはずだ。

大人しく言いなりになる人間が、結局は馬鹿を見るのだ。

「それは、五反田の系列会社に異動するくらいなら解雇を受け入れるということだね？」

野島が、念を押すように言った。

「はい。そう取って貰っても構いません」

華は即答した。

ここでたじろいだり躊躇したりすれば、野島の思うつぼだ。

「なら、仕方がない。サインしてくれないか？」

野島が言いながら、Ｂ５サイズの書類をテーブルに置いた。

「覚書……」

華は呟き、文言に視線を走らせた。

内容は「極東倉庫」への異動を拒否するので、「極東出版」を退職することを受け入れるというものだった。

「つまり、左遷か自主退職かの二者択一ということですね？」

華は屈辱に震える声音で訊ねた。

「左遷ではないが、そういうことになる」

相変わらず視線を逸らしたまま、野島が言った。

彼も板挟みで、つらい立場にあるのだろう。

だが、華には野島の苦境を気遣う余裕はなかった。

「会社の私にたいする評価は、よくわかりました。考えてみますので、少し時間をくださ
い」

華は言うと、覚書を引ったくるように手に取り腰を上げた。

「今週中に返事を頼むよ」

背中を追ってくる野島の声から逃げるように、華は応接室をあとにした。

「ちょっと、いいかしら？」

応接室を出た華を待ち構えていたように、弘中三千絵が声をかけてきた。

「なんでしょうか？」

華は、露骨に迷惑そうな顔で訊ね返した。

いまは、誰とも話したくはなかった。

「ついてきて」

一方的に言うと、三千絵が編集フロアの外へと華を促し女子トイレに入った。

三千絵は、三室ある個室を覗いて誰もいないことを確認すると華のもとへ戻ってきた。

「編集長に、五反田の倉庫に行けって言われたでしょう?」

前振りなく、三千絵が訊ねてきた。

「どうして、それを……」

「局長と編集長が応接室で話しているのを、偶然に聞いてしまったのよ。人件費カットのために文芸部から二人を『極東倉庫』に異動させなければならないと話し合っていて、一人は近藤さんにすぐに決定したわ。編集長は、もう一人は三島さんの名前を出していたんだけど局長が反対して、結局、あなたになったのよ」

「局長は、どうして実績で劣る沙里ちゃんじゃなくて私を異動させようとするんですか⁉」

華は思わず、強い口調になっていた。

文芸部の女性編集者四人の担当した作家の累積販売部数の順位は、一位が三千絵、二位が華、三位が近藤まき、四位が沙里となっていた。

三位のまきが即決して四位の沙里にならないのは解せないし、二位の華が異動させられるのはさらに解せない。

「あなた、沙里ちゃんの父親の仕事がなにか知ってる?」

　唐突に、三千絵が訊ねてきた。

「銀行の支店長でしたよね？」

「そう、『赤富士銀行』の支店長よ」

「それがなにか関係あるんですか？」

　華は質問を重ねた。

「あなた、知らないの？　『赤富士銀行』は『極東出版』のメインバンクで、頭取は大株主よ」

　三千絵の説明で、すべての謎が解けた。

「つまり、ウチのメインバンクで支店長を務める父親の娘だから、沙里ちゃんは異動の対象にならないっていうわけですか⁉」

　華の眉尻は吊り上がり、声が裏返っていた。

「そういうこと。だから、受け入れたらだめよ。こんなことがまかり通ったら、頑張って業績を上げてきた私達が馬鹿みたいじゃないっ」

　三千絵が我が事のように憤った。

　明日は我が身——三千絵も他人事ではないのだろう。

「でも、異動の辞令を拒否するので、『極東出版』を退職することを受け入れるという内容の覚書を受け取りました」

「署名したの⁉」

　すかさず三千絵が訊ねてきた。

「いいえ、まだですけど……」

「絶対にだめよ！　署名なんてしたら、それこそ会社の思うつぼなんだから！　ここであなたが屈したら、次は近藤さん、そしてその次は私の番よっ。だって、会社は三島さんのクビは絶対に切れないんだから！　佐伯さんっ、頑張って！　私や近藤さんのためにも、覚書に署名なんてしちゃだめだからね！」

　三千絵が必死の形相で華の両肩を摑み、前後に揺さぶりながら訴えた。

「離してください！」

　華は、三千絵の両手を振り払った。

「勝手なことばかり言わないでください！　私だってそうしたいですけど、仕方がないじゃないですか⁉　不当解雇と違って、やりたくない部署に異動の辞令が出たからって会社を訴えることはできないんですよ！」

　行き場のない怒り——華の叫びが、女子トイレに響き渡った。

　三千絵が強張った顔で、華をみつめた。

「大声を出して、ごめんなさい……。とにかく、考えてみます」

華は三千絵に頭を下げると女子トイレを出た。

2

華は錆で茶色く変色した「団欒」の看板を見上げ、ため息を吐いた。

かつては、この古びた小さな店に常連客がひしめき賑わっていた。

小汚い店内が、逆に風情を感じさせてくれた。

だが――。

華は扉を開けた。

十坪にも満たない細長い空間――四人掛けのカウンターと四席が並ぶテーブルに客の姿はなかった。

小汚い店内に客がいなければ、ただの寂れた店だ。

「いま閃いた数字を言ってみろ」

カウンターの最奥の席に座りスマートフォンに視線を落としたまま、父、正蔵が言った。

傍らにはビールの中瓶とグラスが置かれていた。

「なによ？　いきなり。私、疲れてるから」

華は出入口に近いカウンターに腰を下ろし、トートバッグからペットボトルのミネラルウォーターを取り出した。

小学生の頃、華は帰宅するといつもこの席に座った。

正蔵が、華が帰る時間になるとカウンター席を確保しておいてくれたのだ。

思春期に入りかけていた華は正蔵と会話することもなく、出された焼き魚や玉子焼きを黙々と食べた。

「団欒」は酒が入り声量が大きくなった常連客で騒がしかったが、その雰囲気が不思議と華は嫌いではなかった。

店を切り盛りする母と常連客と馬鹿話で盛り上がる父——あの頃の「佐伯家」には、裕福ではなかったが団欒があった。

父と母はよく喧嘩もしていたが、それ以上に仲がよかった。

佐伯家から団欒がなくなったのは華が中学生のとき——近所にファミリーレストランや小洒落たカフェレストランができ始めたあたりからだった。

そして止めは新型コロナウイルスが蔓延し始めた一年前だった。

新型コロナウイルスの感染拡大を防止するために、槍玉に挙げられたのは飲食店だった。

時短営業を要請された夜八時という閉店時間は、酒がメインの「団欒」が忙しくなり始める時間だった。

夜八時から閉店時間の午前零時までの四時間が「団欒」の稼ぎ時なので、東京都の要請は佐伯家の家計を逼迫させた。

貧すれば鈍するで、夫婦喧嘩も多くなった。

八時に店を閉めると、カウンターに陣取り正蔵は酒を浴びるように呑んだ。

昔から酒癖の悪い男だったが、酒量が増えて拍車がかかった。

――あんた、酒ばっかり呑んでないで、なんとかしなさいよ！　毎日赤字続きで、このまじゃ首を吊らなきゃならなくなるわ！　いったい、どうする気なのよ！

自棄になっている正蔵を、母、昌子は厳しい口調で問い詰めた。

――客がこねえのは、俺が悪いって言うのか⁉　お⁉　コロナが流行ったのは、俺のせいだって言うのか⁉　おお⁉　文句なら、飲食店を目の敵にしてるお上に言ってくれや！

悪酔いしている正蔵は、開き直りさらに酒量が増える悪循環だった。

――それでもなんとかしなきゃならないのが、大黒柱でしょうが！　だいたいね、コロナのせいにしているけど、もう十何年も赤字続きじゃない！　あんたね、華が給料を入れてくれてるからなんとか生活できてるのよ！　娘に負担をかけて、恥ずかしいと思わないの⁉

——なにが負担だ！　いままでただ飯食わせて高い授業料払って学校に行かせてやったんだから、子が親に恩返しするのは当然だろうが！


「いいから、閃いた数字を言ってみろって」

記憶の中の正蔵の怒声に、現実の正蔵の声が重なった。

「もう、うるさいわね。五」

華は素っ気なく言うと、ミネラルウォーターで喉を潤した。

いつもなら正蔵を避けてすぐに部屋に行くところだが、昌子と顔を合わせたくなかった。

勘のいい昌子に、会社で左遷か退職の二者択一を迫られていることを悟られるのが怖かった。

「五かっ、お！　単勝二十倍ついてるじゃねえか。これがきたら、でかいぞ〜」

正蔵がビールをちびちびと飲みながら独り言ちた。

「もしかして、競馬をやってるの？」

華は非難の響きを帯びた声で訊ねた。

「五千円かけたら十万になるから、洋服でも買ってやるよ」

正蔵がスマートフォンを弄りながら、弾んだ声で言った。

「呆れた。そんなもの、当たるわけないでしょう？　競馬なんてやってないで、仕事してよね」

華はため息を吐いた。

以前は正蔵は酒こそ呑んでいたが、ギャンブルはやらなかった。

いまは陽が高いうちから酒を呑みながら、ギャンブルに明け暮れていた。

「どうして当たらないなんて言い切れるんだ？　百円の馬券で五百万を取った奴だっているんだぞ？　それにしても、ネット投票っつうのは便利なもんだな。好きなときに、好きな馬券を買える打出の小槌――」

華はカウンターを掌で叩いた。

「なんだよ、びっくりするじゃねえか」

「いい加減にしてよ！　なにが打出の小槌よっ。仕事もしないで昼間っからお酒ばっかり呑んでギャンブルして！」

「なんだなんだ、お前、母さんそっくりになってきたな。父ちゃんだってな、好きで仕事をやらないわけじゃねえ。お上が休業要請や時短営業を――」

「またそうやって、人のせいにするの!?」

華は正蔵を遮るように立ち上がり、厳しい口調で詰め寄った。

「だって、事実だろうが⁉　お上がごちゃごちゃ言ってくるまではそこそこ店が繁盛してたのに、いまはこの有様だ！」

正蔵がアルコールで赤らんだ顔で居直った。

「そのお上に貰った給付金をギャンブルでスッたのはどこの誰よ！」

華は唇を嚙み締めた——握り締めた拳が怒りに震えた。

去年の四月七日に一回目の緊急事態宣言が発出されてから半年後、世帯主の正蔵の口座に家族三人分の特別定額給付金三十万円が振り込まれた。

正蔵は華と母の給付金を合わせた三十万円を、競馬に注ぎ込んで負けてしまったのだ。

「また、その話か。あれはもう、終わったことだ」

うんざりしたように、正蔵が吐き捨てた。

「終わってないわよ！　客足が途絶えて売り上げがないからって、支給された給付金をギャンブルに使うなんて考えられないわ！」

「あのな、酒屋の支払いだけで三十万なんて金は消えちまうんだよっ。だからお前と母ちゃんの生活の足しになるように、百万くらいに増やしてやろうとしたんじゃねえか。あのときは、ツキがなくてたまたま負けたってだけの話だ」

悪びれもせず、正蔵が開き直った。

華は耳を疑った。

ここまで性根が腐っていたとは思わなかった。

「どうしようもない人間のクズね」

華は、無意識に出た己の言葉に驚きを隠せなかった。

「なんだと⁉　いま、なんて言った⁉」

正蔵が気色ばみ、席を立った。

いつもなら冷静になり、言い過ぎたことを謝るところだが、今日の華は違った。

会社での出来事も重なり、華の怒りの感情に拍車がかかった。

「父さんは人間のクズだって言った」

頬に衝撃——正蔵が華を平手打ちした。

「親に向かって、その口の利きかたはなんだ！」

正蔵の怒声が、店内に響き渡った。

「ちょっと、大声を出してどうしたのよ？」

母——昌子が店の奥から現れた。

「こいつが親を馬鹿にしやがるから、引っぱたいてやったんだ！」

正蔵が、怒りに震える声で言った。

「まあ、あんた、華に手を上げたの⁉」

昌子が咎（とが）める口調で正蔵に詰め寄った。

「俺のことをクズ呼ばわりしたんだよ！」

親に言いつける小学生のように、正蔵が華を指差した。

その大人げない正蔵の態度が、華の怒りの炎に油を注いだ。

「昼間から酒を呑んでギャンブルして、クズみたいな生活しているからクズって言ったのよ！　クズで不満なら、カスにしてあげるわ！」

「この野郎！　いい加減に――」

「やめなさい！」

ふたたび平手打ちを放とうとする正蔵と華の間に、昌子が割って入った。

「華も言い過ぎよっ。たしかに父さんはどうしようもないけど、クズカス呼ばわりするなんてあなたらしくないわ。いったい、どうしたの⁉」

なにかを察したように、昌子が華の瞳を覗き込んできた。

恐れていた通り、昌子は華の異変に気づき始めている。

そんな昌子にも腹が立つ自分がいた。

――あなた、知らないの？　『赤富士銀行』は『極東出版』のメインバンクで、頭取は大株主よ。

――つまり、ウチのメインバンクで支店長を務める父親の娘だから、沙里ちゃんは異動の対象にならないっていうわけですか⁉

脳裏に蘇る三千絵との会話が、華の理性を蝕んだ。

すべてが面倒になってゆく。すべてが嫌になってゆく。

「私、五反田にできる『極東出版』の倉庫に異動を命じられたの。つまり、左遷ね。拒否するなら退職しろですって」

華は開き直ったように言いながら、トートバッグから野島に渡された覚書を取り出し昌子と正蔵に突きつけた。

「なによこれっ。まあ、ひどい！　これじゃあ、脅迫じゃないの！」

覚書を手に取り文面を読んだ昌子が、怒りの声を上げた。

「私より業績の悪い子がいるんだけど、その子は異動にならなかったわ。なぜだかわかる？」

「さあ、わからないわ。どうしてなの？」

昌子が訝しげな顔で質問を返した。

「彼女の父親はウチの会社のメインバンクの支店長なんだって。メインバンクの支店長の娘と食堂の娘。迷う理由なんて一ミリもないわ」

華は吐き捨てた。

「そんな、ひどいわ！　母さんが上の人に文句を言ってあげる！　電話番号を教えてちょうだい！」

憤慨した昌子が、スマートフォンを取り出した。

「そんなことしても無駄よ。辞令なんだから。倉庫に行くか、退職するか。私には、二つの選択肢しかないの」

華は冷めた口調で言った。

愚痴を言うために、正蔵と昌子に覚書を見せたわけではない。

決別――。両親との決別、そして、いままでの自分との決別。

裕福な者や家柄がいい者が優位に立つのが世の中なら、自分がさらに上に立てばいい。

もう、誰かの犠牲になるのはごめんだった。

「華の言う通りだ。別に、倉庫でもいいじゃねえか？　クビになったわけじゃないんだから、給料も貰えるわけだしな」

正蔵が呑気な口調で横やりを入れた。

「勘違いしないで。私、倉庫になんて行く気ないから」

華は素っ気なく言った。

「じゃあ、どうするんだ⁉　倉庫に行かなきゃ、会社を辞めなきゃならねえんだろ？」

「ええ。こっちから辞表を出すから」

「は⁉　辞表を出すって、どういうことだ⁉　給料が貰えなくなるだろうが⁉　生活は、どうするつもりだ⁉」

正蔵が驚いた顔で、矢継ぎ早に質問を重ねてきた。

「自分一人がしばらく食べて行けるくらいの蓄えはあるから」

華は涼しい顔で言った。

「自分一人って……。父ちゃんと母ちゃんはどうするんだよ⁉」

正蔵が血相を変えて、華に歩み寄ってきた。

「部屋代として三万は払うから。でも、これまでみたいな金額は入れられないわ。その代わり、食事も三食自分でなんとかするから」

「三万で、生活できるわけねえだろ⁉　時短営業で店を八時に閉めなきゃならねえし、緊急事態宣言で客足も減ってるし、ウチが苦しいのはお前も知ってるだろうがよ！」

切迫した表情で正蔵が華に詰め寄った。

「国は、時短営業の要請に全面的に協力している店には一日六万円の協力金を支給してくれたのよ？　いまだって、売り上げの減少に応じて四万円から二十万円の協力金を支給してるわ。そんなに苦しいなら、なぜ申請しないの⁉」

　華は逆に正蔵に詰め寄った。

「そ、それは、なんだ、コンピューターは得意じゃねえし――」

「私がやってあげると言ったでしょ⁉」

　正蔵の言い訳を、華は遮った。

「書類なんかもたくさん揃えなきゃなんねえし――」

「経理を杜撰（ずさん）にしているから、協力金の申請ができないんでしょう⁉　帳簿もろくにつけていないし、申告もしていない。事業者としてきちんと納税していないから、いざというときに助けて貰えないのよ！　そんないい加減な人のために、人生を犠牲にするのはもうたくさんだわ！」

　華が捲（まく）し立てると、返す言葉のない正蔵は唇を噛んで俯（うつむ）いた。

「華、いくらなんでも、それは言い過ぎよ」

　昌子が華を窘（たしな）めた。

「なにが言い過ぎなの⁉　本当のことじゃない！　そりゃあ、会社だって切るなら私でしょうね。片やメインバンクで支店長を務める父親、片や税金も払っていない閑古鳥が鳴いている食堂の父親。私が編集長でも、リストラ対象にするのは私でしょうね。だいたい、母さんも母さんよ。父さんがこんな自堕落な生活を送っても最終的には甘い顔をするから、図に乗っていつまでも生活態度を改めないんじゃないっ。これからは、好きなようにやらせて貰います！　それでも部屋代は入るんだから、余計な口出しはしないで。私のやることにあれこれ言ったら、家を出て行くからね！」

一方的に捲し立て、華は住居へと続くドアを開けた。

靴を脱いで茶の間を通り抜け、二階に続く階段を上った。

和室の茶の間も、老朽化して軋みを上げる階段も華のイラ立ちに拍車をかけた。

華は自室に入り鍵をかけると、ベッドに仰向けになった。

眼を閉じた。

苦々しい思いが、胸に広がった。

言い過ぎたという思いと、あれくらい言って当然だという思いが華の心の中で綱引きした。

どちらにしても啖呵を切った以上あとには引けないし、また、引く気はなかった。

両親に宣言した通りに、これからは自分の人生のためだけに生きることにした。

「極東出版」に入社してからは、彼氏も作らずに仕事に没頭した。

実家のため、会社のために自らの人生を犠牲にした。

それでも、実家からも会社からも見返りはなかった——見返りどころか、相変わらず両親は自分勝手で娘のことを考えず、会社からは無情に切り捨てられた。

華は己の不遇な人生を取り戻すために、人に利用されたぶん人を利用して人生を謳歌するつもりだった。

緊張の糸が切れたのか、睡魔が押し寄せてきた。

とりあえず睡眠を取り、目覚めたらシンデレラになる準備を始めよう。

第二章　接近

1

年収二千万だが長男、年収二千三百万だが親と同居、開業医だが五十二歳、弁護士だが顔が赤点……。表参道のカフェでアイスティーをストローで吸い上げながら、華は登録者のプロフィールを次々とフリックした。

年収二千万以上、東京在住、四十歳以下、運転免許有り、次男か三男——華は、検索条件を絞り込んでタップした。

年収一千万以上の縛りでヒットした八百五十二件の候補が、八十六件に減った。

マッチングアプリをやったのは初めてだった。

このサイトは三ヵ月ほど前にゆきから紹介されたもので、会員の紹介がなければ入れない。サイト上で嘘をつけば退会させられる厳しい規定もあるためか、会員は比較的安心して個人情報を公開しているという。

だが、華は興味も時間もないので、登録だけして放置していた。

――ごめんね、いきなり送って。

ある日、唐突にゆきから若い男性の画像が送られてきた。

ネイビーのスリーピースのスーツを着た男性は、モデルと言っても通用するビジュアルだった。

――この人誰？

直後に電話をしてきたゆきに、華は訊ねた。

ゆきは小学校時代からの幼馴染みで、華が唯一心を許せる存在だった。

――彼氏よ。

――彼氏なんて、いつできたの⁉

華の知るかぎり、ゆきは三年前に彼氏と別れてから恋人はいなかった。

――マッチングアプリ！

――マッチングアプリ⁉

思わず華は、素頓狂な声で鸚鵡返しにした。

ゆきはマッチングアプリや出会い系サイトの類を嫌っていた。

──だって、あなた、マッチングアプリなんて自力で恋人ができない欠陥品しか登録していないって言ってたじゃない。

──そう思っていたんだけど、それがとんでもない先入観でさ！　宝の山だったのよ！

──宝の山？

──そう！　彼は二十四歳のＩＴ関連の青年実業家なんだけどさ、年収五千万でフェラーリとポルシェとハマーを乗り分けてて、家賃百万の代官山のタワマンの最上階に住んでるのよ！　こんな上物、一生、いや、何度生まれ変わっても出会うことできないから！　だから、あなたにもお裾分けしてあげる！　騙されたと思って、登録してみなよ！

ゆきの興奮した声が、昨日会話したかのように華の鼓膜に蘇った。

華もマッチングアプリや出会い系サイトにはまったく興味がなかったので、登録したことはなかった。

ゆきのように、欠陥品しか登録していないと思っていたわけではない。

そもそも佐伯家の家計を支えなければならない華には、彼氏を作っている精神的余裕も時間的余裕もなかった。

余裕があったとしても、マッチングアプリで好条件の彼氏を探そうとは思わなかっただろう。

最初はうまくいくかもしれない。

だが、関係が深まれば必ず破局する。

当人同士のフィーリングが合ったとしても、セレブな両親が許すはずはない。

華の実家が赤字続きの食堂で、父親がアルコール依存症のギャンブル狂だということはいずれわかってしまう。

いわゆる、格差というやつだ。

華もそんな彼氏はごめんだった。

いくら年収が高くて自慢の恋人でも、肩身の狭い思いをする生活が生涯続くなど生き地獄だ。

だが、気が変わった。

華はマッチングアプリのサイトから、通りに視線を移した。

洒落た街、洒落た犬を連れて得意げに歩く洒落た女、互いを高価なアクセサリーとでもいうようにひけらかしながら歩くカップル、華の月収くらいの値がするヒールを履く女、これみよがしに路肩に停めた跳ね馬のエンブレムのイタリア車に寄りかかりながら電話をする男――吐き気がするような人種の住む世界に、足を踏み入れることを決めた。

だからといって、彼氏の両親に見下され、彼氏の両親の顔色を窺う人生を歩む気はない。

華はセレブな世界に足を踏み入れても、脇役になる気はなかった。

あくまでも主役を張るのは自分、主導権を握るのは自分だ。

主役になるためなら、佐伯華のすべてを捨てるつもりだった。

主役に相応しい嗜好、趣味、性格に変え、相応しくない過去と家族は塗り潰す――これからの佐伯華は別人だ。

華は視線をディスプレイに戻し、プロフィールを検索した。

年収三千万の開業医、年収三千五百万のＩＴ実業家、年収四千万の漫画家――条件を絞ったら、さすがに質のいいプロフィールばかりが目についた。

年収二千万、会社専務――フリックした。

ルックスは好みだったが、年収も仕事も突出している項目がなかった。

さっきまでなら飛ばさないが、年間に三千万も四千万も稼ぐ開業医や漫画家がいる中で、年収二千万のサラリーマンをチョイスする理由がない。

次の男性に移ろうとした華は、思い直して前のプロフィールに戻った。

勤務先の「日南サービス」という会社名に、聞き覚えがあった。

所在地は港区赤坂となっていた。

「どうして聞き覚えがあるのかな。テレビで紹介されるような大企業でもなさそうだし」

華は独り言ちながら、南条俊(なんじょうしゅん)のプロフィールに視線を走らせた。

三十歳、次男、百七十五センチ、趣味はクラシック音楽鑑賞、乗馬、ピアノ――。

「クラシック音楽鑑賞？　乗馬？　ピアノ？　お上品な趣味だこと」

華は吐き捨てた。

会社名に聞き覚えがある気がしたのは、勘違いかもしれない。

次のプロフィールに行こうとした華の視線が、家族欄に釘付けになった。

父親　南条正一郎(しょういちろう)――。

確かに、見覚えのある名前だった。

しかも、最近だ。

仕事で絡んだ小説家？

違う。それなら、覚えているはずだ。

ほかの編集者の担当作家？

恐らく違う。そもそも、担当ではなくても無名の新人でないかぎり作家の名前は頭に入っている。

情報番組の文化人コメンテーター、政治家、俳優……。

「あ！」

華は声を上げた。

「極東出版」の写真週刊誌「タイムリー」の巻頭記事で、セレブ一族として取り上げられていた南条家について読んだことを思い出した。

南条正一郎は、北海道から沖縄まで十五軒のリゾートホテルを経営している「日南ホテルリゾート」のオーナーだ。

ホテル以外にも、全国に三十軒のレストランとカフェ、都内に八軒のスパとエステティックサロン、四社の不動産会社を手広く経営するやり手実業家だ。

父の代には東京と沖縄あわせて三軒しかなかったホテルを、正一郎の代で五倍にも増やしていた。

副業の経営も順調で、長男が飲食事業部、長女が美容事業部、次男が不動産事業部をそれぞれ任され切磋琢磨している。

南条俊は次男だ。

勤務先が「日南サービス」という不動産会社の名前だったので、すぐに「日南ホテルリゾート」と結びつかなかったのだ。

華の前腕を鳥肌が埋め尽くした。

ツーブロックの七三分け、柔和な瞳、細く整った鼻筋――俊の屈託のない笑顔のプロフィール写真からは、御曹司特有の品の良さと余裕が窺えた。

からからに干上がった喉を、アイスティーで潤した。

「落ち着いて……」

アップテンポのリズムを刻む鼓動――逸る気持ちに言い聞かせた。

焦ってはならない。

華はたまたま勤務先の出版社の週刊誌で南条一族の特集記事を組んでいたので、南条俊が「日南ホテルリゾート」の御曹司と気づいたが、ほかの女性はわからないだろう。

年収のいい会社の役員程度としか思わないに違いない。

だが、俊の年収は条件を絞り込んだ八十六人の中では一番低い。

俊のルックスはたしかにいいが、イケメン揃いの会員の中では特別に目立つほどではなかった。

つまり、女性会員は俊の飛び抜けた価値に気づけないので競争率は高くないはずだ。

とはいえ、油断は禁物だ。

俊が財閥の御曹司だと気づかなくても、アプローチする女性は少なからずいるだろう。

それに男性会員のほうは、複数の女性会員とやり取りをする同時並行が常識だ。

マッチングアプリの流れは、気に入った会員に「イイね」を押して意思表示する。

相手も好印象を抱いていれば「イイね」が返ってくる。

それからメッセージのやり取りが始まり、互いのフィーリングが合えばデートの約束に漕ぎつける。

現在、俊には二十一の「イイね」がついていた。

もっと年収の高い男性会員達には百以上の「イイね」がついており、中には三百を超える者もいた。

勝負ポイントは、まずはプロフィールだ。

「イイね」返しを貰うには、数多い女性会員の中でも目を引く写真でなければならない。

マッチングアプリのプロフィール写真にはNGがある。

自撮り写真――男女ともにナルシストやメンヘラの印象を与える。

アプリを使った加工写真――男女ともにイタい人物と思われ敬遠される。

真顔での写真――怖く暗い女性だという印象を与える。

ウケ狙いの変顔の写真――女を捨てている印象を与える。

肌の露出度の高い写真――いわゆるセックス狙いのヤリモクのターゲットになる。

画質の粗い写真――男女ともに雑な性格という印象を与える。

友人とのツーショットの写真――友人をダシに使う性悪女の印象を与える。

家の中の写真——男女ともに生活感が出るのはあまりいい印象ではない。

華は自らのプロフィール写真をチェックした。

使用しているのは、代官山の小洒落た雑貨屋の前に置かれたベンチに座って撮影した写真だ。

青山や表参道のカフェだとお高く気取った女というイメージを与えてしまいそうだった。

その点、代官山だと青山や表参道と比べて洗練された雰囲気は負けていないのに、鼻持ちならない感じがない。

しかも雑貨屋の前というのが、さりげなく家庭的な女を演出している。

服はベージュのシンプルなロングワンピースをチョイスした。

顔は猫顔で目鼻立ちがはっきりしているほうなので黒系や原色は避け、柔らかい印象を与えるものにしたかった。

百六十三センチ、四十八キロ、バスト八十五、ウエスト五十九、ヒップ八十六の華は、ロングワンピースでも十分にスタイルのよさをアピールできる強みがあった。

問題は、経歴と家族構成だった。

両親と実家の南青山に三人暮らし。

父の職業　小説家　花柳凰（はなやぎおお）

嘘で塗り固めたプロフィール――花柳凰はベストセラー作家で、小説好きなら知っている名前だが覆面作家なので顔も素性も明かしていない。

交際が進んで父を会わせるときも、口裏さえ合わせていればバレることはない。

もちろん、正蔵などに会わせはしない。

花柳凰を演じてくれる父親役を捜すつもりだった。

だが、花柳凰が父であるという嘘はプロフィールに載せる気はなかった。

誰の目に留まるかわからないからだ。

南青山の実家の問題も当てはあった。

華が担当している作家――市村豪（いちむらごう）は南青山に豪邸を所有しているが、コロナ禍になってから沖縄の別荘に移住しており、いまは空いていた。

撮影とか取材とか適当な理由をつけて、数日借りることくらいは可能だった。

父親も実家も永遠に通用する嘘ではないが、それは大魚が釣れてからの話だ。

とにもかくにも大魚――南条俊を落とさなければ始まらない。

あとのことは、俊を手に入れてからゆっくり考えればいい。

華は南条俊のプロフィールに「イイね」をつけた。

「さあ、かかって」

華は食い入るように、スマートフォンのディスプレイをみつめた。

一分経過するのが、五分にも十分にも感じられた。

二分、三分、四分……。五分経っても、メッセージは入らなかった。

二十一人の「イイね」をつけた女性会員の何人かと、メッセージのやり取りをしているのだろうか？

さっきまでの余裕がなくなり、華は不安な気持ちに襲われた。

考えてみれば、これだけのハイスペックな男性会員を狙っているのだから家柄やルックスに自信のある女が集まっていても不思議ではなかった。

華は登録されている女性会員のプロフィールを見た。

代官山のアパレル勤務の二十二歳。趣味は料理。

なにが趣味は料理よ。男性ウケを狙って、最近料理教室に通い始めたクチでしょ。

表参道の美容部員。二十六歳。趣味は音楽鑑賞。

ちょっと白く飛ばし過ぎじゃない？　仕事柄、メイクでごまかすのはうまいわね。

汐留の広告代理店。二十四歳。趣味はショッピング。

女子アナ風のさらさら薄茶のロングヘアに、ナチュラルメイクに見せたしっかりメイク。耳にはオヤジに貢がせたのだろう控えめなロゴのシャネルのピアス。首にはオヤジに貢がせたのだろう控えめだが質がよさそうなパヴェダイヤのヴァンクリのペンダント。

いるいる、この手の女。

鼻持ちならない高収入なツーブロック七三分け男達にちやほやされて、昼間は仕事のできる女を演じて、夜になると麻布や六本木に繰り出しクラブで男漁り（おとこあさ）をするタイプ。

最上階のバーやレストランでシャンパンを飲むのが大好きな「東京カレンダー」女。

懐に余裕のあるオヤジに媚びを売り、連日高級寿司や鉄板焼きを奢らせるのが特技。

男の腕時計や靴や車のキーで格付けするのも特技。

大嫌い。世界中で女子アナの次に嫌い。

表参道のパティスリー勤務。二十五歳。趣味はケーキ作り。


出た！　癒し系、おっとり系、お嫁さんにしたい系と馬鹿な男達が騙されるカマトト女。

たいした顔立ちではないのに、人懐っこい笑顔とふんわり感でごまかす雰囲気美人。

華は女性会員のプロフィールを閲覧しながら毒づいた。

もどかしいのは、俊に「イイね」をつけている女性会員を特定できないことだ。

華はスマートフォンをトートバッグに入れた——思考を切り替えた。

これからどうするかを、具体的に考えなければならない。

「極東出版」は、有休を取っていた。

今日で一週間、出社していない。

まだ辞表を出してはいなかった。

「極東倉庫」に行く気はないが、給料を貰えるうちはしっかり貰うつもりだった。

有給休暇を目一杯使い、なにが最善かをゆっくり考えればいい。

いまの華にとっての最重要事項は、南条俊を落とすことだ。

お金もほしいし名誉もほしい。

ただ、それ以上に証明したかった。

自分が価値のある人間だということを。セレブと呼ばれる人種より優位に立つ人間だということを。

仮に俊と交際することになったとして、先のことは考えていない。

仮にプロポーズされたとして、受けるかもしれないし断るかもしれない。

ゴールは結婚ではなく、華が南条俊を支配できるか否かだ。

アプリの通知音が鳴った。

華は弾かれたように、トートバッグからスマートフォンを取り出した。

着信メッセージのアイコンが表示されていた。

華はアイコンをタップした。


「イイね」をつけてくださり、ありがとうございます。

はじめまして、南条俊と言います。

華さんは出版社勤務なのですね。

僕は幼い頃に母が買ってきてくれたパウロ・コエーリョの「アルケミスト」がきっかけで読書に目覚めました。

だから小学校の頃は、図書館が僕の居場所になるほどに本の虫になっていました。

因みに華さんは、どういった作家さんの担当をなさっているのですか？

私が好きな小説家は幸田美代さんで、とくに初期の頃の春木賞の受賞作品「モーニングコーヒーを飲み終わるまで」が好きで、表紙が擦り切れるほどに繰り返し読んでいます。

まだまだ華さんにはお訊ねしたいことはあるのですが、初回なのでこの程度にしておきます（笑）

今後メッセージのやり取りを重ねながら、お互いを少しずつ知っていけたらと思います。

長文を読んでくださりありがとうございました。


メッセージを読み終えた華は、右の拳を握り締めた。

表参道のカフェでなく部屋の中なら、大声を上げたい気分だ。

「イイね」をつけてから三十分以内のメッセージ——上出来だった。

単にマメなタイプなのかもしれないが、メッセージの内容から興味を持ってくれたのは事実だ。

俊が読書家だったとは、嬉しい誤算だ。

しかも幸田美代は以前に担当していた時期があるので、彼女についてのエピソードはいろいろと持っている。

幸田は、それまで美しく描かれることの多かった恋愛小説の概念を打ち壊し、大人のリアルで生々しい内面描写で二十代、三十代の女性の共感を集めて一気に頭角を現した。

春木賞を受賞してからは情報番組のコメンテーターなども務めるようになり、不倫タレントをバッサリ切り捨てる語り口など主婦層の支持を集めた。

だが、幸田にはホスト狂いという裏の顔があった。

一晩に百万以上使うこともあり、泥酔し店でくだを巻いている幸田を迎えに行ったことは一度や二度ではない。

それを俊に言う気はない。

幸田の悪口を言っているようで、自分まで軽蔑されそうな気がしたのだ。

「さて、どう釣り上げようかしら」

華は薄笑いを浮かべ、文字を入力した。


お返事ありがとうございます。

南条さんは、筋金入りの読書家なのですね。

幼い子供に読ませる本に「アルケミスト」をチョイスするなんて、南条さんのお母様はとてもセンスのいい方だと思いました。

子供の情操教育のためには最適の本です。

南条さんが読書家と聞いたので、私の父のことをお話ししますね。

じつは、父は花柳鳳なのです。

ご存知ですか?

小説家の花柳鳳です。


華は作戦を変更して、偽父の話を早めに出すことにした。

いずれは吐かなければならない嘘ならば、一番効果的なタイミングで吐いたほうがいい。

本の虫を自負する俊なら、覆面作家の花柳鳳のことは絶対に知っているはずだ。

父が花柳鳳となれば、華にとってかなりのアドバンテージになる。


父は覆面作家で顔を出していないので、ファンの方が押しかけてくることもなく静かな生活を送っています。

マスコミに漏れたら厄介なので、このことは南条さんの胸にしまっておいてください
ね。
　話は変わりますが、南条さんはどういうタイプの女性がお好きですか？
　ビジュアル面と性格面の好みを教えて頂ければ嬉しいです。

　華は送信キーをタップしようとした手を止めた。

　すぐに返信したら、前のめりになっていると思われる。

　恋愛は夢中にさせたほうが、イニシアチブを取ったほうが勝ちだ。

　しばらく放置して、焦らすのも効果的だ。

　華がアプリを閉じトートバッグに戻そうとしたときに、着信が入った。

　ディスプレイに浮く野島の名前を見て、華は無視しようとしたが思い直し通話キーをタップした。

「お疲れ様です」

『佐伯君、いつまで休んでいるつもりかな？』

　上部スピーカーから、野島の不機嫌そうな声が流れてきた。

「有給休暇は、まだ残っていますよ」

華はすかさず言った。

なにが目的で野島が電話をかけてきたのか、見当はついていた。

『そんなことはわかっている。まさか、全部使い切るつもりじゃないだろうな？』

「なにか問題でもありますか？」

『おいおい、佐伯君、勘弁してくれよ。普通のときならいざ知らず、「極東倉庫」への異動の辞令が出た直後にこんな長い有給休暇を取るなんて。責任者の君がいなければ、なにも始められないじゃないか』

野島のため息が、華の鼓膜を不快に撫でた。

「責任者がいなくても、倉庫なんて誰にでも管理できるんじゃないですか」

華は皮肉を込めて言った。

『それは偏見だ。出版社にとって、書籍は大切な子供だ。ということは、倉庫管理は子供を護る大事な仕事だ。君はなにか勘違いしているようだが、今回の辞令は左遷なんかじゃない。むしろ栄転だよ』

「物は言いようですね。北極支店は素晴らしいところだからと異動を命じられたら、編集長は嬉しいですか？　喜んで北極に行きますか？」

『北極⁉　なにを馬鹿なことを……』

「とにかく、私は残っているだけの有給休暇を使わせて頂きます」

野島を遮り一方的に告げると華は電話を切った。

すぐにでも「極東出版」を退職するつもりだったが、もう少し籍を残すことにした。

出版社の編集者という華の職業に興味を持っている俊の気を引くために、「極東出版」を利用するつもりだった。

華はスマートフォンのデジタル時計を見た。

俊からメッセージがきて三十分が過ぎていた。

華は作成していたメッセージを送信し、ホームディスプレイに浮く「ライフサポート」のアイコンをタップした。

来るべき日のために、備えを万全にしておく必要があった。


あなたの生活をより完璧なものにするために――。

会社のキャッチフレーズが、華の視界に飛び込んできた。

「ライフサポート」は、人材派遣会社だ。

会社への派遣、老人の話し相手、友人代行、恋人代行と業務は多岐に亘っている。

華が目をつけたのは、親族代行だ。

主に結婚式などで、親族の少ない新郎新婦が員数合わせのために利用することが多いらしい。

華のように、永続的に家族を演じる契約ができるかどうかはわからない。

恋人代行や友人代行も恋人や友人を演じてくれる人材を派遣してくれるようだが、ホームページを見るかぎりスポット契約となっていた。

華は「ライフサポート」の代表番号をタップした。

『「ライフサポート」でございます』

張りのある男性の声が受話口から流れてきた。

「あの、システムについてお訊ねしたいことがあるのですけどよろしいですか？」

『はい、もちろんですよ。どういったご質問でしょう？』

「私、ある事情がありまして父親役と母親役を探しているのですが、結婚式の出席とかではなくても大丈夫ですか？」

『お客様は具体的に、どういったシチュエーションをご希望ですか？』

「交際している男性に紹介したいと思っています。なので、自宅だったり、レストランだったりと様々です」

『はい、交通費を負担して頂くことになりますが、基本、日本国内ならどこでも大丈夫です。

あの、失礼ですが、お客様のご両親はお亡くなりになられたのでしょうか?』

　遠慮がちに、男性が訊ねてきた。

「いいえ、生きてます。正直に申しますと、交際相手の家柄と釣り合うような両親として紹介したいのです。御社に紹介して頂く代行の方には、私のシナリオ通りの役を演じて貰うことは可能ですか?」

　華は単刀直入に訊ねた。

　胡散臭いと断られるのなら次を当たらなければならないので、一社に時間をかけてはいられなかった。

『それはスポット契約ですか?』

「いいえ、何回かは演じて貰うことになると思います」

『可能ですが、継続だと相手にバレる危険性も高くなり派遣スタッフに専門的な技術が要求されますので、料金ランクが高くなります。それでもよろしければ、当社には元劇団員や舞台俳優など演技力に優れた派遣スタッフが複数所属していますから、対応可能です。ただし、後々トラブルに発展した際の責任は負えないという誓約書に署名して頂かなければなりません。詐欺事件の訴訟騒ぎに巻き込まれたら大変ですからね』

「それは大丈夫です。因みに、料金はおいくらになりますか?」

あまりに料金が高過ぎると、家族を雇うことができない。

『おいくつぐらいのご両親を希望していますか？』

「五十代半ばから六十歳くらいまでの方を希望します。みかけがそれくらいに見える方なら、実年齢は前後しても構いません」

『わかりました。少々お待ちください』

保留のメロディが受話口から流れてきた。

仕事柄、華は電話で相手を待たせることに敏感になっていた。

自己中心的で我儘な作家先生達は、担当編集者を十分待たせても平気だが、逆に自分達は一分でも待たせられると機嫌が悪くなる生き物だ。

二分が過ぎた頃、保留のメロディが途切れた。

担当作家の水無月なら、電話を切られているところだ。

『大変お待たせしました。ご希望の条件の人材がみつかりました。料金のほうですが、父親役のギャラが税抜きで一時間一万円、母親役が七千円になります』

「そんなにするんですか？」

華は思わず声に出した。

『ええ。特殊な業務なので、結婚式に参列する親族役などに比べたら高めの料金設定になっております。もともとスポットであっても両親役は料金を高く頂いています。加えて、お客様の場合は派遣スタッフがレギュラーになりますので』

男性スタッフが、淡々と説明した。

両親役の二人を二時間、十回稼働させたら三十四万になる。

俊との関係が長く続くのならば、必然的に両親役の稼働も多くなる。

金の問題だけではない。

俊と結婚ということになれば、いつかは嘘がバレてしまう。

『少し、お考えに……』

「契約します」

華は男性スタッフを遮り、咄嗟（とっさ）に言った。

肚（はら）を括（くく）った。

自暴自棄になったわけではない。

華の目的は、資産家の御曹司を落とすことなのだ。

嘘がバレることを恐れて行動に移せなければ本末転倒だ。

あとのことは、あとで考えればいい。

『かしこまりました。お客様の要望に該当する派遣スタッフが何人かいますので、契約書を交わした後に面接という流れになります。通常なら対面ですが、いまはコロナ禍なのでリモートでも面接はできますが、どちらを選択なさいますか？』

「では、リモートでお願いします」

華は即答した。

次の誕生日で二十八歳。

これからは一分一秒も無駄にできない。

コロナに感染して、時間を浪費することになるのは避けたかった。

『では、ホームページから会員登録のほうをお願いします。登録が完了しましたら、こちらからご連絡をさせて頂きます。私、サポート長の林葉と申します。お客様のお名前をよろしいでしょうか？』

「佐伯華です」

『ありがとうございます。では、佐伯さん。ご登録をお待ちしています』

林葉が電話を切ってすぐに、華はアプリを開いた。

2

華はマスクをつけたまま、居住用の玄関に向かった。

両親との決別を誓ってから、帰宅したときに「団欒」を通らないようにしていた。

「お帰り。今日は早かったな。サンマでも焼いてやろうか?」

ドアの開閉音を聞きつけた正蔵が、競馬新聞を片手に茶の間から出てきた。

「重そうだな。荷物を持ってやるよ。ほら」

正蔵が作り笑顔を浮かべ、華のトートバッグに手を伸ばした。

華が佐伯家に部屋代以外の援助資金を入れないと宣言してから、正蔵の態度が一変した。

薄気味の悪い笑みを浮かべ、猫撫で声で華を気遣うようになった。

いや、気遣いではなくご機嫌取りをしているといったほうが正しい。

「重くないから」

華は素っ気なく言うと、廊下に上がった。

「さあさあ、店に行こう。お前が子供の頃のように、父ちゃんが夕飯を作ってやるから」

正蔵が、華を店に促した。

「いらない。外で食べてきたから」

華はにべもなく言うと、自室へと続く階段に足を向けた。

「外食か?　ずいぶんと、優雅じゃないか。なに食べたんだ?」

正蔵が、華の腕を摑み訊ねてきた。

「ステーキか？　寿司か？　え？　外食なんて贅沢は、もう何年もしてねえよ。今度、父ちゃんも連れて行って――」

「部屋代の三万以外は、一円も入れないって言ったでしょ？　ギャンブルをやめれば、いくらでも外食できるわよ」

華は正蔵の腕を振り払い、階段を上った。

「ちょっと待てって。ここんとこ会話らしい会話もねえんだから、たまにはゆっくり話そうじゃねえか。親子なんだからよ」

正蔵が作り笑顔を浮かべたまま、華のあとを追ってきた。

「親子？　いまさらなにを言ってるの？　もともと、お金を貸してくれとかそういう話しかしなかったくせに」

階段で足を止め振り返った華は、冷え冷えとした瞳を正蔵に向けた。

「まあ、そう言うなって。父ちゃんなりに、反省してるんだからよ。ところでよ、退職金はいつ頃出るんだ？　会社辞めて、十日以上経つだろう？　そろそろじゃねえのか？　出版社だから、いい金額出してくれるんじゃねえのか？」

正蔵が、ヤニで黄ばんだ歯を剝き出しに卑しく笑いながら訊ねてきた。

「父さん――」

華は、正蔵をみつめた。

目の前の男があまりにも下種(げす)過ぎて、華はかける言葉が見当たらなかった。

華が小学生の頃の、不器用で頑固だが働き者の父の姿が思い出せなかった。

もしかしたら正蔵は、華が気づかなかっただけで元からさもしい男だったのかもしれない。

「あっちの都合でやめてくれって話だから、まさか払わねえってことはねえよな？　五百万までは厳しくても、二、三百ならなんとかなるだろ？　なあ、百万、いや、五十万でいいから退職金が出たら回してくれねえか？　お前に迷惑をかけたかもしれねえが、金を稼げるようになるまで育ててやったのは俺と母ちゃんだ。それくらいの金を出しても、バチは当たらねえだろう？　お？」

正蔵は、黄色く濁った瞳で華を見据えた。

「いい加減にして！　父さんは、どこまで堕ちれば気が済むのよっ。残念ながら、私は『極東出版』を辞めてないから。辞めたとしても、この家には部屋代の三万以外は一円も入れる気はないわ！　早く、私の前から消えてよ！」

華は無意識に、痛烈な言葉を口走っていた。

「この親不孝者が！」

正蔵が捨て台詞を残し、踵を返した。

「父さんの言うことにも、一理あるわよ」

入れ替わるように、昌子が現れた。

「どういうことよ？」

華は階段の途中で足を止めたまま、昌子に訊ねた。

「父さんも言ってたように、私達がこれまであなたに迷惑をかけたことは申し訳ないと思っている。だけど、あなた一人で大きくなったんじゃないのよ？　父さんや母さんが、あなたをここまでするのにどれだけ苦労したか知らないでしょう⁉　育てて貰った恩を忘れて、父さんにたいしてよくもそんなひどいことが言えるわね！」

昌子が、物凄い剣幕で華を咎めてきた。

華は困惑した。

いままで、こんなに感情を露にした昌子を見たことがなかった。

「驚いたわ。母さん、いつから父さんの味方なの？」

華は皮肉っぽい口調で言った。

「父さんの味方とか、そういうことじゃないわよ。母さんは、事実を言っているのっ。最近のあなたの態度は目に余るわ。昼過ぎまで寝ていたり、真夜中に帰ってきたり、自堕落な生活にも程があるわ！　だいたいね、あなた、会社はどうしたのよ⁉　さっき父さんには辞めてないって言ってたけど、それは本当なの⁉」

「なになに？　結局、母さんも退職金目当て？　急に父さんの肩を持つようになったのも、私が家にお金を入れなくなってからだよね？」

「なにを言ってるのよ！　そんなわけ――」

「だいたいさ、私が何時に起きて何時に帰ってこようが、会社を辞めていようがいまいが、部屋代はちゃんと入れてるんだから咎められるいわれはないでしょ！」

　華は昌子を遮り、不満をぶつけた。

「いい加減にしなさいっ。お金のことで、大事な娘に態度を変えるわけないでしょう！　父さんには、あなたにたいしての何倍もきついことを言ってるわよっ。私がなにもわからずに、あなただけを責めているとでも思ったの⁉　母さんがあなたに厳しいことを言うのは、父さんのせいで人生を踏み外してほしくないからよっ。最近のあなたは、なんだか様子がおかしいわ。眼つきとか雰囲気が、以前のあなたと別人みたいよ。ねえ、華。毎日、会社にも行かないでどこでなにをしてるの？　おかしなことをやっているんじゃないでしょうね？」

　昌子が、悲痛な顔で華に訴えた。

「だから、私がなにをやっていようが関係ないでしょう⁉　少なくとも私がやっていることは、娘が汗水垂らして働いたお金を無心する親よりましだから」

華は痛烈な皮肉を残し、階段を駆け上がり自室に入った。

後ろ手でドアの鍵を閉め、華はため息を吐いた。

四畳半の和室、年季の入った木製の机、くたびれた「ハローキティ」の抱き枕が転がるシングルベッド、壁に貼られた修学旅行のお土産に買ったタペストリー……。この部屋は、中学生のときから時間が止まっている。

学生時代から、自分のことにお金を使う習慣がなかった。

少しでも金銭的な余裕ができたら、家に入れていた。

「もう、十分ね」

華はドアに背を預けたまま呟いた。

そろそろ、潮時なのかもしれない。

ベストセラー作家の娘を装いホテルグループの御曹司を落とすには、実家は最悪の環境だ。

もし俊とビデオ通話をしているときに、正蔵や昌子が華を呼びにきたら――考えただけでぞっとした。

家にお金を入れながらも、無駄遣いをせずにこつこつと貯めてきたへそくりが百万ほどあった。

家賃七、八万ほどのワンルームマンションなら引っ越せる。

マンションの契約が済むまでは、初台で一人暮らしをしているゆきの家に転がり込めばいい。

一ヵ月もあれば、新居はみつかり引っ越しも終わるだろう。

ゆきには、佐伯家の部屋代と同じ三万円を払うつもりだった。

華は机に座りスマートフォンを置くと、マッチングアプリを開いた。

メッセージの着信が一件——南条からだった。


返信頂き、ありがとうございます。

佐伯さんのお父様は、花柳凰先生なのですか⁉

私、男性作家では花柳先生の大ファンなんです！

とくに、「鳥と風」と「大地の女」は五回ずつ読みました！

正直、アプリにあまり期待はしていなかったのですが、こんな出会いがあるとは思ってもみませんでした。

もし、ご迷惑でなければＬＩＮＥのアドレスを交換して頂けませんか？

交換して頂けるのなら、私はすぐに退会しても構いません。

私のＱＲコードを添付しておきますので、よろしくお願いします。


華は、握り拳を作った。

花柳鳳を餌にしたのは大正解だった。

こんなに早く食いついてくるとは思わなかった。

すぐに友達追加したい気持ちを堪えた。

焦ってリールを巻いてしまえば、大魚を逃してしまうかもしれない。

釣り針が南条の喉奥深くに食い込むまで、じっと忍耐だ。

電話が着信した。

ディスプレイに表示されたのは、林葉の名前だった。

「もしもし、佐伯です」

『「ライフサポート」の林葉です。ご登録の完了が確認できました。ありがとうございました。早速ですが、ご両親の候補の派遣スタッフが男女とも三人ずついます。リモート面接は一人十五分ずつで、六人で九十分になります。ご希望の日時を教えて頂けますか？』

「最短でいつですか？」

『明日の午後一時からであれば、六人まとめて時間が取れます。ほかは明後日の……』

「明日でお願いします」

華は、林葉を遮り言った。

南条とのやり取りが想像以上に早い展開で進んでいるので、両親も急いで決めておく必要があった。

『かしこまりました。では、十分前に私から確認のお電話を入れます。問題なければ、十三時に一人目の登録スタッフからビデオ電話を入れさせますので面接を始めてください』

「わかりました。よろしくお願いします」

華はそそくさと電話を切り、ゆきに電話をかけた。

「頼みがあるの。なにも聞かずに、しばらく泊めて」

いきなり本題に切り込んだ。

『親子喧嘩でもしたわけ？』

「まあ、そんなところ。新しい部屋が契約できたら、すぐに出て行くから。一、二週間もあればみつかると思う」

『あなた、一人暮らしする気？』

「うん、ちょっといろいろあってね。落ち着いたら話すからさ」

『まったく、一週間も二週間も人の家に転がり込んでくるのに理由も言わないなんて、相変わらず自己中心的な女ね』

ゆきが呆れたように言った。

「私が自己中に振る舞える相手は、世界一気を許しているゆきだけよ」

嘘ではない。

いつだって華の側に立って物を考えてくれるゆきのことを、両親以上に信頼していた。

『まったく、人たらしなんだから。あなた、豊臣秀吉の生まれ変わりなんじゃないの？』

ゆきが冗談交じりに言った。

「どうせなら、もっといい男にしてよ。織田信長とか」

華も冗談を返した。

こんなふうに、どうでもいいくだらないやり取りができるのもゆきだけだ。

『で、いつから？』

「今日はやることあるから、明日行くわ」

『居候の身で、えらそうね』

受話口から、ゆきのため息が聞こえてきた。

「その代わり、実家に入れていた三万円を居候費として払うから」

『いらないわよ、そんなもの。あなたからお金なんて貰ったら、あとが高くつくわ。それより、代官山の『アンジュ』のマカロン買ってきてよ』

ぶっきら棒な言いかたの中に、ゆきの優しさを感じた。

理由も聞かずに、快く頼みを聞いてくれたゆきの思いやりに胸が熱くなった。

「ゆき、ありがとうね」

華は心からの言葉を口にした。

『やめてよ、大雨になると困るから。六時以降ならいつでもいいわ。じゃあ、明日』

ゆきは一方的に言い残し、電話を切った。

華は眼を閉じた。

五秒、十秒――ゆきの心遣いで温かくなった感情をクールダウンした。

心のスイッチを切り替え、華は眼を開けた。

目的を達成するためには、一片の情もいらない。

必要なのは、鼻持ちならないセレブファミリーの御曹司を骨抜きにするということだけだ。

3

「橋本（はしもと）さんは元舞台俳優となっていますが、どういった活動をしていらっしゃったんですか？」

華は、机に固定したタブレットPCのディスプレイに向かって質問した。

午後二時三分——今日五人目のリモート面接だ。

毛先が肩に触れそうな白髪交じりの長髪、落ち窪んだ眼窩の奥の強い目力、細身の身体、こけた頬……橋本の容貌と醸し出すエキセントリックな雰囲気は、気難しい作家を演じさせるには最適だった。

恐らく、面接に臨むために彼なりに役作りをしてきたのだろう。

橋本進（すすむ）　五十八歳　身長百七十センチ　体重六十キロ　独身　離婚経験あり　子供三人
元舞台俳優

華は、机に置いたスマートフォンの派遣スタッフのデータに視線を落とした。

父親候補は三人目だが、データ上は橋本が一番よかった。

ほかの二人は人柄や容姿については問題なく、元役者なので演技力も期待できた。

橋本との決定的な違いは、二人が既婚者ということだった。

家庭があれば、どうしてもフットワークが悪くなる可能性があった。

華が父親を必要としているときに、稼働できないとなれば洒落にならない。

その点、橋本は独身なので二人より遥かに自由が利く。

加えて、現在は独身だが子供を育てた経験があるのがいい。

やはり父親を演じる以上、父親になった経験の有無は重要だ。

『舞台俳優と言っても、観客が五十人も入れば満員の下北沢の小劇場で五、六回出演しただけです』

橋本が言った。

これも合格だ。

過去とは言え、あまり多くの作品や有名作に出演していれば顔を知られている恐れがあった。

十年以上前に下北沢の小劇場に五、六回の出演歴ならば、仮に南条や家族がその舞台を観ていたとしても覚えているはずがない。

「十二年前に所属している劇団をおやめになってからは、舞台を含めた芸能活動は一切していないのですか?」

『ええ。当時、別れた妻のお腹に赤ん坊もいましたし、ろくに収入もない舞台俳優を続けるという選択肢はありませんでした』

　橋本が苦笑いした。

「今回、橋本さんが採用されれば演じて頂くのは私の父親で職業は小説家です。お見合いや結婚式のスポットではなく、継続的な契約になります。一ヵ月のスケジュールは事前に提出しますが、父親役という性質上、イレギュラーな仕事が入る場合もあります。たとえば、先方のご両親と急遽会わなければならなくなったり。もちろん、理由をつけて日程を変更したりと努力はしますが、どうしても避けられないイレギュラーな稼働も出てきます。そのときには、父親役の方にはプライベートよりもこちらを優先して頂きたいのです」

　華は、踏み込んだ条件を突きつけた。

　因みにほかの二人の父親役は、努力はするが確約はできないという返事だった。

『それは覚悟の上です。病気や怪我で動けないとき以外は、基本、父親役を優先します。イレギュラーな仕事に関して別料金を支払って頂ければ夜中であっても稼働します。私には子供が成人になるまで養育費の支払いがありますから、お金を稼ぐ必要があるのです』

微塵の躊躇いもなく言い切る橋本に、華は確信した。

「エピソード原稿に、目を通してきて頂けましたか？」

最終テスト——それぞれの面接者には、華の幼少の頃のことを語るときのエピソードを添付していた。

華の都合のいいように創作したエピソードだ。

『もちろんです』

「原稿を見ながらでもいいので、私を娘の婚約者の男性だと思って娘の幼少時の思い出を語って貰えますか？」

華が促すと、橋本が眼を閉じた。

役作りに入っているのだろうか？

十秒、二十秒——沈黙が続いた。

三十秒が過ぎた頃に、橋本が眼を見開いた。

『ウチの娘は物心ついたときから、一途な子でした。熊のぬいぐるみを買ってあげたら、ボロボロになっても手放さなくてね。新しいぬいぐるみを買ってあげようとしても、熊ちゃんがいるからいらないと、そういう子供でした』

橋本は柔和に目尻を下げ、口元を綻ばせた。

『華は妙に子供っぽくないというか、母性を感じさせるところがありましてね。私がうまく書けなくて落胆しているときに、いつの間にかそばにいて背中をポンポン叩いて慰めてくれたこともありました。私の仕事柄、締め切りに追われる日々で、あまり華の相手をしてあげられませんでした。私がほとんど家で仕事をしているので、物音を立てたり大声で話したりもできずに妻や華はストレスが溜まったことでしょう。そういう特殊な家庭環境で華は、周囲を気遣う性格になったのかもしれませんね』

橋本が遠くを見る眼差(まなざ)しになり、微(かす)かに口元を綻ばせた。

「はい、ありがとうございました。これで面接は終了です。最後に、なにかアピールしたいことはありますか？」

華は橋本に訊ねた。

少し芝居がかってはいるが、三人の父親候補の中では断トツの演技力だった。

『私は誰よりも、佐伯さんの父親役に時間を割いて相手方に疑いを抱かせることなく成りきれる自信があります。どうぞ、よろしくお願いします！』

熱の籠ったアピールも無理はない。

華の父親役をゲットしたら、数十万の報酬を得ることができるのだから。

「お疲れ様でした。結果は、後日、林葉さんを通してお伝えします。では、失礼します」

華は、タブレットPCをシャットダウンした。

「さあ、いよいよ狩りの始まりね」

黒いディスプレイに映った悪女に微笑（ほほえ）みかけると、華は南条俊のQRコードをLINEに登録した。

4

LINE登録ありがとうございました。
添付した写真の一枚目は、私の書斎の本棚です。
未読のものもありますが、この書棚だけで五百冊ほどあります。
収納庫にあるものを合わせると、全部で軽く千冊を超えているでしょう。
これで私が本の虫だということを信じて頂けますよね（笑）
最上段の右端に、佐伯さんのお父様の著書が五冊あります。

ソファに仰向けになった華は、俊が添付した写真を食い入るようにみつめた。

本ではなく、書棚の周囲を注視した。

床に敷かれているのはペルシャ絨毯、壁にかけられているのはシャガールの絵、肘掛けだけ映っているのは恐らくカッシーナのソファ――どれもこれも、信じられないほど値の張るものばかりだった。

書棚の周囲に映り込んでいる物を見ただけで、これだけの高価な調度品に囲まれている部屋を書斎としている俊の生活水準が窺える。

これは二年前にスイスの別荘に行ったときの写真です。

ほかにカナダやオーストラリアにも別荘はありますが、私はスイスが一番好きですね。大自然を有する観光都市としての顔と世界の金融都市としての顔を、見事に融合させているところが魅力的です。

世界中見渡しても、スイスのような国はあまりないと思います。

とくにルツェルンという街が好きで、湖岸を散策しながら白鳥が群れているのを眺めているとすべての悩みが消えます。

いまはコロナ禍で行けていませんが、落ち着いたら是非、佐伯さんをご招待したいですね。

「私をスイスに⁉」

華は思わず声に出した。

まさかこんなに早く、海外の別荘に誘いをかけてくるとは思わなかった。

社交辞令だとしても上出来だった。

だが、華には俊が本心から言っているという確信があった。

頬の筋肉が弛緩し、自然と口元が緩んだ。

「自由にしていいとは言ったけど、寛ぎ過ぎじゃない？　ちょっと、スペースを作ってよ」

ゆきが呆れたように言いながら、ソファに尻を埋めた。

一時間ほど前に、ゆきのマンションに到着した。

持ってきたのは一週間分の着替えの下着と数着の衣服、タブレットPCくらいなのでキャリーバッグにすべて収まった。

「なにを見てるの？　ニヤニヤして気持ち悪い」

ゆきが、華のスマートフォンを覗き込んできた。

「私の獲物」

華は言いながら、スマートフォンのディスプレイをゆきに向けた。

「獲物⁉　なになに？」

ゆきが興味津々の表情で、ＬＩＮＥの文面を読み始めた。

「なになになに⁉　スイスにカナダにオーストラリアの別荘ですって！　この南条俊って男は誰なのよ⁉」

ゆきが身を乗り出し、興奮気味に訊ねてきた。

「『日南ホテルリゾート』の御曹司よ」

華は平静を装い言った。

「『日南ホテルリゾート』って、まさか、あの『日南ホテルリゾート』⁉」

ゆきが素頓狂な声を上げた。

「そうよ。知ってる？」

「あたりまえじゃない！　知ってるもなにも、超有名財閥グループなんだから！　あなたさ、そんなＶＩＰとどこで出会ったの⁉」

ゆきが華の肩を摑み、前後に揺すった。

「ちょっと、落ち着いて。いま話すから」

華は、逸るゆきに諭し聞かせるように言った。

「ゆきがきっかけよ」

「え⁉　私がきっかけって、どういうことよ⁉」

ゆきが自分の顔を指差した。

「そう、ゆきが教えてくれたマッチングアプリで出会ったの」

「え⁉　嘘でしょ⁉」

ゆきが裏返った声で叫んだ。

「本当よ。正直、私もあまり期待していなかったから、この出会いには驚いたわ」

本音だった。

マッチングアプリに登録している男性は、モテないか女性の身体目的かどちらかだと思っていた。

「でもさ、華がアプリを始めたのは最近なのに親しくなるのが早くない⁉　なによこの文面は！　完全に華のことを気に入って……。え？　これどういう意味？　『最上段の右端に、佐伯さんのお父様の著書が五冊あります』。華のお父さんって、なにか本を書いているの？」

ゆきが、疑問符だらけの顔で訊ねてきた。

「うん。書いてるよ」

「書いてるって、あなたのお父さん、料理人でしょ⁉　まさか、料理の本とか？」

「違うわ。小説よ」

「小説⁉　どうして料理人が小説なんか書くのよ⁉」

ゆきが素頓狂な声を上げた。

「嘘、嘘。実は、この写真の書棚にあるのは偽の父親の小説なの」

華は言いながら、書棚の画像をピンチアウトした。

「花柳……、花柳鳳って、あの花柳鳳⁉」

華が指差す書籍の背表紙に書かれている著者名を読んだゆきが、驚いた顔で叫んだ。

「そう。ゆきも、花柳鳳のこと知ってるんだ？」

「そりゃ知ってるわよ。ベストセラー作家で、顔出しNGの覆面作家でしょう⁉」

華は頷いた。

「そんなことより、花柳鳳があなたの偽の父親ってどういうことよ⁉」

ゆきが怪訝な顔で訊ねてきた。

「南条俊を落とすために、新しい家族を作ったの」

華は悪戯(いたずら)っぽく笑い、事の経緯をゆきに説明した。

ゆきは華の計画を聞かされている間中、あんぐりと口を開けたままだった。

ゆきのリアクションも無理はない。

セレブ一家の御曹司のハートを射貫くために、偽の両親を雇ったのだから。

「元舞台俳優と元舞台女優の便利屋を両親役で雇ったって――」

ゆきが噴き出した。

「なんで笑うの？」

「だって、そんなでたらめ私が信じると思っているの？　馬鹿馬鹿しい。私を担ごうとするなら、もっとリアリティのある嘘にしなさいよ。あ〜、真剣に聞いて損した」

ゆきは急に興味を失ったように、近くにあったファッション誌を手に取り開いた。

「これを見て」

華は、ゆきが開くファッション誌の上にタブレットPCを置いた。

「なによ？　いま、雑誌を読んでいるんだから邪魔――」

「いいから、黙って見て」

華はゆきを遮ると、動画の再生キーをタップした。

『今回、橋本さんが採用されれば演じて頂くのは私の父親で職業は小説家です。お見合いや結婚式のスポットではなく、継続的な契約になります。一ヵ月のスケジュールは事前に提出しますが、父親役という性質上、イレギュラーな仕事が入る場合もあります。たとえば、先方のご両親と急遽会わなければならなくなったり。もちろん、理由をつけて日程を変更したりと努力はしますが、どうしても避けられないイレギュラーな稼働も出てきます。そのときには、父親役の方にはプライベートよりもこちらを優先して頂きたいのです』

『それは覚悟の上です。病気や怪我で動けないとき以外は、基本、父親役を優先します。イレギュラーな仕事に関して別料金を支払って頂ければ夜中であっても稼働します。私には子供が成人になるまで養育費の支払いがありますから、お金を稼ぐ必要があるのです』

「今日、昼間にリモート面接して採用した父親役よ」

華は動画を止めると、ゆきに言った。

ゆきが素頓狂な声を上げた。

「面接して採用した父親って、あなた、本当に父親を演じる舞台俳優を雇ったの⁉」

「うん。ベストセラー作家の父親とセレブで上品な母親を演じてくれる舞台俳優をね。どう、驚いた？」

華は悪戯っぽい表情で言った。

「驚いたもなにもないわよ！　華っ、偽の両親を雇うなんて正気なの⁉　しかも、花柳鳳を演じさせるですって⁉　無茶苦茶過ぎるでしょ！　馬鹿なことはやめなさい！　いますぐやめなさい！」

ゆきが、一気に捲し立てた。

「『日南ホテルリゾート』の御曹司を落とすためなんだから、仕方ないでしょう？　あなた、ウチの両親を知ってるよね？　とくに父さんは、最近では仕事もしないで娘にお金を無心する最低の男よ。ゆきも見たことあるでしょう？　昼間から店のカウンターで飲んだくれている父さんを」

華は、ため息を吐きながら言った。

「まあ、おじさんはたしかにひどいけど、それでも華のお父さんじゃない！　第一、そんな嘘吐いて彼と付き合うことになっても、いずれバレるわよ！　まさか永遠に騙し通せるなんて、思ってないよね⁉」

ゆきが険しい表情で華に詰め寄った。

「もちろん。とりあえず、心を奪うまでバレなきゃいいと思っているわ」

華は涼しい顔で言った。

「だから、バレたらどうするの⁉　あとから捨てられるくらいなら、最初から正直に自分の家庭環境を話したほうがいいじゃない！」

「心を奪ったあとなら事情を話せば許してくれる可能性があるけど、最初から正直に話せば心を奪うことはできないわ」

「だったら、彼とは縁がないってことでしょう？　そんな詐欺みたいな方法で御曹司を手に入れて嬉しいの⁉」

ゆきが軽蔑の入り混じる瞳で華をみつめた。

「嬉しいわよ！　私は、人生を変えると決めたの」

華はゆきから視線を逸らさずに言った。

ゆきに軽蔑されるのを覚悟の上で、すべてを打ち明けた。

幼馴染みのゆきだけには、嘘を吐きたくなかった。

真実を共有して、協力してほしいという打算がないと言えば嘘になる。

だが、それ以上にゆきにはありのままの自分を見せたかった。

たとえそれが腹黒くしたたかな女でも、ありのままの自分を――。

「人生を変える？　どういう意味よ？」

ゆきが怪訝な表情で訊ねてきた。

「ゆきはさ、私が学生の頃からアルバイトしたお金を家に入れていたこと知ってるよね？　洋服も、みんなと遊びに行くことも我慢して佐伯家の家計を助けていたことを」

「うん、もちろん。あなたが信じられないくらい、おじさんやおばさんに献身的だったことを知ってるよ」

「だったら、私が人生を変えたいと思う気持ちわかるでしょう？　一番楽しい時代を、両親のためにずーっと犠牲にしてきたんだからさ。私の犠牲が少しでもプラスになっているなら浮かばれるけど、父さんはあの体たらくだし」

華は険しい顔で吐き捨てた。

「あなたが、おじさんとおばさん、とくにおじさんに不満を募らせている気持ちはわかるよ。私も、ずっとそばで華を見守ってきたから。だけど、その件と華が結婚詐欺をすることは別問題だし、理由にならないわ。っていうか、犯罪だから！」

ゆきが、毅然とした態度で言った。

「最後まで嘘を吐き通して結婚しちゃえば詐欺だろうけど、途中で打ち明けるんだから。その上で相手が結婚を希望するなら、詐欺じゃないでしょう？」

「でも、騙して付き合い始めた事実は消えないわ。偽者のセレブな両親を雇うなんて……。どうかしてるよっ。ねえ、どうしたの？　そういう屁理屈の問題じゃなくて、華らしくないよ！　目を覚まして！」

ゆきが、華の肩を摑み前後に揺すった。

「私は、幸せになっちゃいけないの？　一生、疫病神の両親を養わなきゃならないの？」

華は、暗鬱な色を宿した瞳でゆきを見据えた。

「そんなこと言ってないわ。私は華の苦労を、誰よりも知っているつもりよ。だからこそ、あなたには幸せになってほしいの。どんな両親でも華を産んでくれたのは事実だし、それに、家柄で選ぶような男はろくなものじゃないわ。華を愛してくれて、華を大事にしてくれる人なら、両親がホームレスでも変わらず愛してくれるはずよ」

「私はそうは思わない。性格がよくて誠実だけどうだつの上がらないサラリーマンより、性格が悪くて不誠実な御曹司を選ぶわ」

「華っ、それ、本気で言ってるんじゃないでしょうね？　そんな愛のない結婚なんて、相手がどんなにお金持ちでも不幸になるに決まってるじゃないっ。お願いだから、目を覚ましてちょうだい！」

ゆきが、切実な思いを込めた瞳で訴えかけてきた。

「愛なんて、どこにあるの？　ウチの父さんは、血の繋がった娘にたかることしか考えてないわ。ゆきには初めて言うけど、私ね、倉庫管理に左遷されたの。まあ、リストラ要員ってことね」

華は冷めた口調で告白した。

「左遷⁉　嘘でしょ！　だって、あなたはベストセラーを何冊も刊行してるし、会社の業績に貢献してるじゃない！」

「業績最下位の女の子は異動なしで、彼女の十倍の利益を生み出している私は閑職に追い払われたってわけ。どうしてだと思う？」

皮肉っぽい口調で、華はゆきに言った。

「その子が編集長の愛人だとか？」

　ゆきが眉間に嫌悪の縦皺を刻んだ。

　華は、ゆっくり首を横に振った。

「まさか、社長の愛人⁉」

　ゆきの眉間の皺が深くなった。

「愛人なら、まだましよ。その子の父親は『赤富士銀行』――ウチの会社のメインバンクの支店長なんだってさ。おまけに頭取は、『極東出版』の大株主らしいわ」

　華は鼻で笑った。

「はぁ⁉　なによそれ？　じゃあ、その女はメインバンクの支店長の娘だからＶＩＰ扱いされているってわけ？」

　ゆきが血相を変えた。

　彼女の、我が事のように怒りを共有してくれる友人思いの性格が好きだった。

「閑古鳥が鳴いている食堂のアルコール依存症を父親に持つ私と、メインバンクの支店長が父親の彼女じゃ勝負にならないわ」

　華は吐き捨てた。

「そんなのひどいよ！　おじさんとおばさんは、そのこと知ってるの？」

「話したわ。私の怒りややるせなさをわかってくれるどころか、給料が下がるかどうかの心配ばかり。父さんほど露骨じゃないけど、母さんだって胸の中じゃお金の心配をしていたはずよ。さっき愛についての話をしたよね？　我が子には無償の愛を注ぐはずの両親がこんな人達なのに、どうやって信じるのよ。でも、どんなに現状を呪っても親や生活環境が変わるわけじゃないし。親は選べないって言うでしょう？　だけど、私は変えることにしたの。親も私が選び、新しい人生を作ると決めたのよ。ゆきがどれだけ止めても、これだけは曲げられないわ」

「華……」

「ゆき、お願い！　私を理解して！　私だって、これがいけないってことくらいわかってているわよ。だけどね、これくらいの罪は許されてもいいでしょう⁉　私は二十七年間の人生のほとんどを、両親のために費やしてきたの。挙句の果てが、親の差で私が左遷、ありえないでしょう？　私に蜜をくれるどころか、守ってもくれない……。いいえ、守る巣もないの！　だから私は自分の手で巣を作り、蜜を得る。これでバチを当てる神様なら、こっちから願い下げよ！　ゆき、お願いっ。あなただけは別、あなたにはずっと私の味方でいてほしいの。お願い、見捨てないで！」

華はゆきの手を握り、頭を下げた。

演技ではない。

心の底から、ゆきの協力を求めていた。

「あなたを見捨てるわけないじゃない。とりあえず、顔を上げて」

ゆきが、華を促した。

「じゃあ、味方になってくれる？」

顔を上げた華は、ゆきをみつめた。

「味方って言っても、私はなにもできないわよ」

「いいの！　ゆきはなにもやる必要はないわ。ただ、ありのままの私を知っていてほしいだけ。どんな私でも拒絶しないで、いままで通りに付き合ってくれるだけで十分よ」

これも、本心だった。

ゆきを巻き込むつもりはなかった。

「いままで通り親友として付き合うのなら、あなたのやることを叱ったり注意したりもするってことよ。それでもいいの？」

「もちろん、いいわ。あなたは、いままで通りのゆきでいて」

ゆきには、変わらぬままでいてほしかった。

ゆきがそばで小言を言ってくれたら、一線を越えなくて済むかもしれない。人間をやめなくても済むかもしれない。

「わかった。なら、早速だけど、あなたに訊きたいことがあるの」

改まった口調で、ゆきが言った。

「なに？」

「あなたは、どこまで行く気？」

「どこまでって、どういう意味？」

華は怪訝な顔をゆきに向けた。

「結婚する気なのかを訊いてるのよ」

「もちろんよ」

「その先は？」

ゆきが、すかさず質問を重ねた。

「その先って？」

華は質問を返した。

「幸せになれる自信はあるの？　お金があれば愛がなくても幸せだと、いまの華は言うでしょうね。でも、本当にそうかしら？　贅沢な暮らしなんて、すぐに飽きるわ。そうなったときに、愛してもいない相手と十年、二十年……。いいえ、五十年も暮らせると思う？」

「なんだ、そんなことか。じゃあ、逆に訊くわ。五十年間、変わらずに続く愛がどこにあるの？」

華の言葉に、ゆきが呆れたように首を横に振った。

「とにかく、私を信じて。あなたにたいする気持ちは、これからも変わらないから」

「でも——」

「だから、あなたも私の邪魔はしないで」

ゆきを遮り、華は有無を言わせない口調で言った。

もう後には引き返せない。引き返す気もなかった。

5

渋谷の「セルリアンタワー」のカフェラウンジで、華はこの日のためにネット通販で購入した淡いピンクの布マスクをつけていた。

コロナ禍で義務付けられたマスク選びで、男女ともにセンスが問われた。

よれよれの不織布マスクをつけている男性は仕事ができない印象を、女性は女子力がない印象を与えてしまう。

その点、布やウレタンはセンスがよく見える。

色も重要だ。

華が選んだのはベージュピンクだった。

白だと汚れが目立ち、ベージュだと顔がのっぺり見えてしまう。

ベージュピンクは顔色をよく見せてくれる上に、今日の華のグレイのパンツスーツのファッションにマッチしていた。

ワンピースにしようか迷ったが、編集者のイメージを強調するためにパンツスーツを選んだ。

コロナ禍のいま、こういう提案をするのはどうかと思いますが、一度、カフェでお会いしませんか？

リモートでの顔合わせも考えましたが、やはり最初だけは直接お会いしたいと思いまして。

僕は年齢の割に古いところがあるんですよ（笑）

場所は華さんに合わせます。

どのへんがいいですか？

華は、一週間前に俊とやり取りしたＬＩＮＥの会話を読み返した。

予想以上に前のめりになる俊に、緩みそうになる口元を華は引き締めた。

いま俊が興味を持っているのは、花柳鳳の娘であり佐伯華ではない。

しかも、偽の父親だ。

きっかけは花柳鳳の娘でも、一刻も早く佐伯華の虜(とりこ)にしなければならない。

いくら偽父役が優秀な男でも、あまりにも俊が興味を持ち過ぎるとどこかでボロが出てしまう可能性があるからだ。

何事も、第一印象が肝心だ。

とくに顔合わせの場合は本格的な交際に発展するかどうか、初見で八十パーセントは決まってしまう。

俊と会う日程が決まってからの一週間は、糖質制限とジョギングを始めた。

白米の代わりに豆腐を、麺の代わりにコンニャクを食べた。

好きなスイーツも揚げ物も我慢した甲斐があり、体重が二キロ落ち顔も一回り小さくなったような気がした。

夜も普段は一時に寝ていたが十時には布団に入り、肌のコンディションを整えた。

酒もジュースも飲まず、ミネラルウォーター以外は口にしなかった。

美肌で有名な女優がＣＭに出ている、一万円を超える高級な化粧水で保湿を怠らなかった。

化粧水など、いままではサンプル品や五百円の安物しか使ったことはない。

宿主のゆきは呆れた顔をしていたが、華は気にしなかった。

俊の前に生涯最高の自分で現れることしか考えていなかった。

僅かな期間だが、自分磨きをしたのは初めての経験だった。

たった一週間節制しただけで生涯最高とまでは言わないが、ここ一年では最高レベルの佐伯華に仕上がった自信はある。

せめて三、四年前、二十五歳までに自分に投資をしていたら、いま頃、素敵な男性と幸せな家庭を――。

思考を止めた。

過ぎ去った日々を後悔している暇があるなら、まもなく現れるだろう俊の攻略法に意識を集中するべきだ。

南条俊という男が釣れれば、これまで無駄にした人生を一気に取り返した上にお釣りがくるセレブライフが待っている。

華はマスクを外し、スマートフォンをグラスに立てかけインカメラにするとディスプレイに映る顔をチェックした。

鼻尖がテカっていないか、鼻毛が出ていないか、ファンデーションが罅割れていないか、ルージュが滲んでいないか。マスクを外した瞬間が、勝負だった。

フロアの向こう側から、モスグリーンのスリーピースに身を包んだ男性——俊が歩み寄ってきた。

華は慌ててマスクをつけるとスマートフォンをテーブルに倒し、インカメラのスイッチを切った。

赤ペンを手にし、トートバッグからゲラを取り出した。

鼓動が高鳴っていたが、平静を装いゲラをチェックするふりをした。

気配が近づく、近づく、近づく。鼓動が高鳴る、高鳴る、高鳴る。

「佐伯さんですよね？」

低く、落ち着いた声がした。

心地のよい、華の好みの声だった。

華は、いま気づいたとばかりに顔をあげた。

「はい……もしかして、南条さんですか？」

上目遣いに見上げ、華は訊ねた。

色白で整った顔立ちの俊は、柔和な瞳が印象的だった。

清潔感があり、写真より実物のほうが好印象だった。

品のいいグレイのウレタンマスクも、端整な顔立ちによく似合っていた。

「はい。遅れてすみません。改めまして、南条俊です」

折り目正しく、俊が頭を下げた。

まるで映画やドラマに出てくる王子様的主人公のように、非の打ちどころのない男だった。

「いえ、私がゲラのチェックをするために早めに到着したので。改めまして、佐伯華です」

華も立ち上がり、頭を下げた。

マッチングアプリで知り合った者同士が、伝統的なお見合いの挨拶をしているシチュエーションが少しだけ滑稽であり新鮮でもあった。

二人ともマスクをつけているシチュエーションが、いまの時代を表していた。

「座りましょうか」

俊に促され、華は椅子に腰を戻した。

「僕もアイスコーヒーをお願いします」

若い女性スタッフにたいする注文の仕方も、偉ぶることなく好印象だった。

「マスクを失礼します」

俊がマスクを外した。

「じゃあ、私も」

華も俯き加減にマスクを外した。

顔を上げる瞬間が勝負だ。

口元を引き締め、華は俊を見た。

俊が微かに眼を見開き、無言で華をみつめた。

うまくいった——華は内心ほくそ笑んだ。

「なにか、ついてます？」

華は白々しく訊ねた。

「あっ、いえ、ごめんなさい。佐伯さんがきれいで見惚れてしまいました」

品のいい俊が口にすると、ナンパ男の軽薄な口説き文句には聞こえない。

「またまた、お上手ですね」

華は、俊を軽く睨（にら）んでみせた。

「いえいえ、お世辞ではなく本音です」

慌てて、俊が言った。

「じゃあ、信じたことにしますね」

華は、軽く握った拳を口元に当てて微笑んだ。

相手がゆきなら、大口を開けて笑っているところだ。

すべての仕草が、俊の眼を意識したものだった。

「その原稿が、本になるのですね？」

テーブルの上のゲラに視線をやった俊が、興味津々の表情で言った。

「はい。再来月刊行予定の単行本のゲラです。著者推敲と並行して装丁や帯のキャッチの打ち合わせを進めます」

華は笑顔で説明した。

嘘――ゲラには違いないが、昔担当した書籍のゲラだ。

俊には、倉庫行きを命じられ有給休暇を取っていることを悟られたくなかった。

「佐伯さんは、お父様の著書を担当したことはあるんですか？」

俊が訊ねてきた。

「いえ、父はウチの出版社で書いたことはありませんから」

華は、さらりと言った。

「それは、佐伯さんがいるからですか？」

「いえ、そういうわけではないと思います。私が入社する前から、『極東出版』では書いてないので」

「どうしてでしょうね。『極東出版』は質のいい作品を数多く出しているのに。花柳先生が書いていないのが不思議です」

俊が真剣な顔で首を傾(かし)げていた。

「作家と出版社の相性みたいなものがありますからね。南条さんは、料理はなにが好きですか？」

華はさりげなく話題を変えた。

この顔合わせが終わるまでに、興味の対象を偽父から自分に移さなければならない。

「そうですね、肉料理も好きですが三十を超えてからは和食のよさがわかるようになりました」

「今度、機会があれば私の料理を食べてください」

華は釣り糸を垂らした。

「佐伯さん、料理が得意なのですか？」

俊の瞳が輝いた。

思惑通り、俊が食いついてきた。

俊の過去のインタビュー記事を検索しているうちに、料理が好きな女性に惹かれる、というコメントを発見した。

「得意というほどではありませんが、料理するのは好きです。暇があれば、新しいレシピを考えていて」

俊のストライクゾーンに、直球を投げ込んだ。

俊の瞳の輝きが増した。

すべて嘘。

両親が食堂をやっている反動か、華は料理が嫌いだった。

いま重要なのは真実を語ることよりも、俊の気を引くことだ。

料理の腕は、ゆきに教えて貰い磨くつもりだった。

ゆきは栄養士の資格を持っており、料理がうまい。

料理だけでなく、茶道や華道も習っていた。

仕事一本で生きてきた華より、すべてにおいてゆきのほうが女性らしかった。

「やっぱり、僕のインスピレーションは外れていませんでした」

俊は嬉しそうに言うと、運ばれてきたアイスコーヒーをストローで吸い上げた。

「インスピレーション？」

華は鸚鵡返しした。

「はい。最初に佐伯さんのプロフィールを見たときに、ピンとくるものがあったんです。この人とは、初めて会ったような気がしないって」

「あら、みんなに同じことを言ってるんじゃないですか？」

　華は悪戯っぽい表情を作ってみせた。

「本当ですよ！」

　俊がムキになって言った。

「それは、幼馴染みと再会したみたいな感じですか？」

「いいえ、そういう感じではないです。少なくとも友人の感覚ではないです。そうですね、学生時代に好きだった人とか、そんな感じです」

「それって、凄く好印象ですよね？　南条さんの周囲には、私みたいな平凡な女じゃなくて華やかで素敵な方が一杯いるんじゃないですか？」

　華は、自分を落として鎌をかけた。

「素敵な女性がいたら、マッチングアプリに登録しませんよ。外見が美しい女性ならいますが、僕は内面を重視するタイプなんです。あ、佐伯さんは外見も美しい女性です」

　俊が、慌てて付け足した。

「なんだか、私がプレッシャーをかけたみたいですね」

華は俊を軽く睨みつけてみせた。

「これも、本当ですよ。僕はパクチーとお世辞は嫌いですから」

俊が冗談めかして言った。

「それ、笑うところですよね？」

華も冗談めかして返した。

「今度は、僕がプレッシャーをかけたみたいですね」

俊が少年のように無邪気に微笑んだ。

「南条さんの周囲にいる女性は、どういったところがだめなんですか？」

華は訊ねた。

「僕でなくても、僕と同じ条件の男性なら付き合う、そんな感じの女性ばかりです」

華は、意味がわからないとばかりに首を傾げた。

もちろん、わかっていた。

俊の周囲にいる女性は南条俊ではなく、「日南ホテルリゾート」の御曹司を愛しているのだ。

華も同じだった。

もし俊がそこらの自営業者かサラリーマンなら、歯牙にもかけないだろう。

「佐伯さんも、『日南ホテルリゾート』は知ってますよね？」

　俊が訊ねてきた。

「はい。ホテルチェーンですよね？」

　華は、わざと幼稚な言いかたをした。

「ホテルチェーン……。たしかに、そうですね」

　俊がおかしそうに笑った。

「私、なにか変なことを言いました？」

　華は無垢な女を演じた。

「いえいえ、お気を悪くしないでください。『日南ホテルリゾート』は日本で三本指に入る財閥グループです。ホテルチェーンという表現をした人は初めてです」

　俊が愉快そうに言った。

「ごめんなさい。私、失礼なことを言ってしまったようですね」

　華はドギマギしてみせた。

「謝らなくていいですよ。むしろ好印象です。佐伯さんは、交際する男性の仕事に興味はありませんか？」

「興味ありますよ。私はスイーツが好きだからパティシエだったらいいなとか、映画関係の人だったら試写会のチケットとか貰えるのかなとか、そんなことばかり考えています」

華は無垢な女性を演じ続けた。

「佐伯さんは、本当に無邪気な方なのですね」

俊が自分をみつめる瞳を見て、手応えを感じた。

華は俊の気持ちを掌握しつつあった。

品がよく誠実な男を騙すのは簡単だ。

「それって、誉め言葉として受け取ってもいいんですか？」

「もちろんですよ。佐伯さんは、いままで僕の周りにはいなかったタイプの女性です」

俊の華をみつめる瞳に熱が籠った。

「私がまともに見えるくらいだから、南条さんの周囲には悪女しかいなかったんですね」

華は悪戯っ子のように、やんちゃに微笑んだ。

「佐伯さんに、質問してもいいですか？」

改まった表情で、俊が訊ねた。

「なんでしょう？」

華は眼をパチパチとさせた。

この仕草も、俊の瞳には純粋な女性に映ることだろう。

「佐伯さんは、親との同居をどう思います？」

俊が不安げに訊ねてきた。

「どう思うとは、どういう意味ですか？」

華は質問の意味がわからないふりをした。

もちろん、わかっていた。

俊がなぜその質問をしてきたかの理由を。

姑との同居を好む女など、この世に存在しない。

華も同じだ。

だが、我慢するだけの価値のある相手なら話は違ってくる。

「もし僕達が結婚するとなれば、新居に移るまでは親との同居になると思うのです。新居は夫婦の城になるわけですから、設計にもこだわりたいですし」

「マンションではなくて、家を建てるということですか？」

華は、弾みそうになる声を抑えた。

てっきり華は、マンションを購入するものだと思っていた。

「はい。マンションのほうが管理は楽ですが、間取りに限界がありますから。幼い頃から僕は、玄関に噴水のある家に住むのが夢でした」

「噴水⁉」

思わず、華は頓狂な声を上げた。

「ええ。吹き抜けのエントランスに『トレヴィの泉』みたいな噴水を作るんです。夫婦揃って噴水に背を向けコインを投げる、そんな生活を送れれば素敵だと思いませんか?」

俊が、遠い眼差しで言った。

家に吹き抜けのエントランス、噴水——。

ハリウッド映画に出てくるような話に、華の鼓動は高鳴り息遣いが荒くなりそうだった。

「素敵な夫婦像ですけど、玄関に噴水は風水的によくないそうですよ」

華は内心の興奮を悟られないように、冗談めかして言った。

「佐伯さんは家相とか占いとか信じるほうですか?」

俊が気を悪くしたふうもなく、穏やかな顔で訊ねてきた。

「それほど信じるほうではないですけど、占いで悪いことを言われたら気にしてしまいます」

俊に気持ちの高揚を悟られていないようで、華は安堵した。

「僕はどちらかというと平気なほうです。おみくじで大凶を引いたら逆に燃えますね。大吉の一年にしてやろうってね。現実に、僕はそうやって道を切り拓いてきました」

「南条さんは、強いんですね」

「強くないと生きていけない環境で育ちましたから」

俊の瞳が、一瞬、翳ったような気がした。

「親も兄弟も南条家はみんな怪物みたいに強くて。僕も強くなければ踏み潰されてしまうんですよ、怪物達に」

俊が冗談っぽく言いながら笑顔になったが、瞳は翳ったままだった。

金持ちには金持ちなりの苦労があるのだろう。

優秀な親や兄弟に囲まれた生活も相当なプレッシャーのはずだ。

だが、貧乏で無能な親のもとに生まれた子供の苦労にはかなわない。

金で解決できない悩みもあるだろう。

それでも、金があれば人生の悩みの九割は解決できる。

金がなければ、悩みの一割も解決できはしない。

「ご家族を怪物だなんて」

華は軽く握った拳を口に当て、控えめに笑ってみせた。

「本当に怪物です。会えばわかりますよ」

俊が本気とも冗談ともつかぬ口調で言った。

目の前で無欲で純粋な女を演じている女が、それ以上の怪物かもしれないのに。

「一つお願いがあるんですけど、言ってみてもいいですか？」

俊が改まった口調で言いながら華をみつめた。

「なんでしょう？」

「ダメ元で、言うだけ言いますね。今度、佐伯さんのお父様にご挨拶してもいいですか？」

「えっ……」

予想外の俊の言葉に、瞬間、思考が止まった。

「あ、もちろん交際云々の話ではありません。佐伯さんの友人として、花柳鳳先生の一ファンとしてご挨拶したいという意味ですけど……やっぱり、今日会ったばかりで図々しいですよね？　すみません。いまの、忘れてください」

慌てて、俊が前言を撤回した。

「いえ、図々しいだなんて、そんなことありません。父にスケジュールを訊いてみますね」

華は言ったそばから後悔した。

だが、考えようによっては俊との距離を詰める大チャンスだ。

それに俊との交際を続けるならば、遅かれ早かれ偽父を紹介しなければならないのだ。

ならば、関門は早いうちに越えていたほうがその後の展開が楽になる。

「でも、無理しないでください。僕のフライングです」

「大丈夫ですよ。二週間くらいお時間を頂ければ、どこかで調整できると思います」

「本当ですか⁉」

俊が身を乗り出し、瞳を輝かせた。

やはり、いまのタイミングで父を会わせておくのが一番効果的だ。

「家じゃなくても大丈夫でしょうか？　父は、初対面の人に自分の仕事場を見られるのを凄く嫌う人なのです」

華は用意してきた言葉を口にした。

担当作家の南青山の豪邸がいまは空いており、撮影と言えば貸して貰えるが最初から利用するのは怖かった。

調度品は揃っているとは言っても、どこでボロが出るかわからない。

しばらくは理由をつけて外で会い、その間に花柳鳳が住んでいるような雰囲気を出すために表札などの小道具を揃える必要があった。

「なるほど。花柳先生は小説家だから、ご自宅が仕事場ですよね。わかりました。先生の執筆に影響したら困りますからね。では、場所は僕のほうで用意させて貰いますね」

「いえ、父の都合なのでこちらで……」

「でも、もしかしたら、僕のお義父様になる方かもしれませんから」

さらりと言う俊の言葉に、華の鼓動がアップテンポのリズムを取った。

日本で有数のセレブ一族の「日南ホテルリゾート」の御曹司が、軽い気持ちとはいえ結婚を仄めかしてきたのだ。

いままでの陽の当たらない生活を考えると、奇跡と言っても過言ではない。

本来なら俊は、モデルや女優、深窓の令嬢が群がり、華など近寄ることさえできないVIPだ。

俊が変わり者で私欲がないおかげで、奇跡が起きたのだ。

だが、懸念がないわけではない。

俊に気に入られても、親や兄弟に嫌われたら結婚はできない。

いや、成人同士の結婚に親や兄弟の許可はいらない。

俊さえ決意してくれるなら、華は嫁になれるだろう。

しかし、それは南条家の嫁ではなく南条俊の嫁だ。

親の反対する結婚を押し切った俊は、下手をすれば南条家から勘当されるかもしれない。

普通なら、家族より自分への愛を選んでくれた夫に感激して惚れ直すところだろう。

華も、自然な形で出会って恋に落ちた相手ならそうなるに違いない。

俊は違う。

目的のために選んだ相手だ。

シナリオ通りに事が運ばなければ――南条家の嫁になれなければ意味がない。

華への愛情がどれだけ深くても、俊が南条家の人間でなければ価値がない。

「じゃあ、場所は南条さんにお任せします。父の都合のいい日がわかりましたら、すぐにご連絡しますね」

華は笑顔で言った。

「愉しみです。いまから、緊張でドキドキします」

俊が少年のように無邪気に顔を綻ばせた。

憧れの花柳鳳が元舞台俳優の中年男だと知ったら、俊はさぞかし驚くことだろう。

「佐伯さん、最後に訊いてもいいですか？」

「なんでしょう？」

「もし僕がしがないサラリーマンでも、イイねを押してくれましたか？」

俊の口元は綻んでいたが、眼は真剣だった。

「もちろんです」

そんなわけないじゃない。

華は心とは裏腹の嘘を、微塵の罪悪感もなく口にした。

「嬉しいです。そういう人を求めていました。家柄じゃなく僕を見てくれる人を」

俊が言葉通り、満面に笑みを湛えて言った。

「南条さんでなければ、『日南ホテルリゾート』の会長の息子さんでもイイねを押さなかったと思います」

華はダメ押しのでたらめを言うと、澄んだ瞳で俊をみつめた。

6

「花柳凰のデビュー作は？」

『「夜焼け」です』

「花柳凰が『赤い闇』で受賞した文学賞は？」

『「真田栄次郎文学賞」です』

「花柳凰が『春木賞』を受賞したのは何歳のときで受賞作は？」

『「跳ねない蛙」で三十四歳のときです』

「花柳凰が週に五回は食べる好物は？」

『へぎそばです』

「花柳鳳が好きな飲み物は？　また、飲み方は？」

『大のコーヒー党で、ショットグラス半分の量のレミーマルタンXOを入れて飲むのが習慣です』

ゆきの部屋のテーブルに置いたタブレットPCのディスプレイ越し――橋本は、華の質問に次々と即答した。

渋谷のアパレルショップで働いているゆきは、まだ仕事から戻っていなかった。

「じゃあ、ここからは俊さんがお父さんに質問するから」

華は橋本に言った。

本当の父娘の雰囲気を出すために、橋本にはタメ語を使いお父さんと呼ぶことにしていた。

橋本も、それは同じだった。

『佐伯さんが俊さんの役を――』

「お父さん、違うでしょう？　佐伯さんじゃなくて華、俊さんじゃなくて南条君だと言ってるじゃない。本番で間違ったら、すべてが台無しになるのよ⁉」

演技ではなく、華は本当に苛立っていた。

橋本のうっかりミスで、華のこれまでの苦労が水泡に帰すかもしれなかった。

『わかった、父さんが悪かったよ。だから、もう怒らないでくれ』

　橋本が父親になりきって詫び、華を宥(なだ)めてきた。

「そうそう、その感じ。じゃあ、続けて」

　華は橋本を促した。

『華が南条君の役をやるのか?』

　橋本が演技を再開した。

「そうよ。始めるわよ。お義父さんは、ご自分が花柳鳳だと正体を明かす気はないんですか?」

　南条が知りたがりそうなことを、華は質問した。

『ああ、ないね。逆に、なぜ明かす必要があるのかな?』

「花柳鳳先生と言えば高名な小説家先生ですし、周囲の方の見る目も変わると思います。正体を明かしたら、プラスになることのほうが多いはずです」

『なんだ、そういうことか。私はね、特別扱いして貰いたいとか優遇されたいとか、そういう俗なことには一切興味がないんだ』

「お義父さんは達観なさっていますね。僕には、とても真似できません。僕が花柳鳳先生なら、みなに言い触らすと思います」

『君は愉快な人だね。だが、私は達観などしてないよ。人と関わりたくない偏屈な人間なだけだ』

　華の見込んだ通り、橋本は優秀な演者だった。

　華が教えた通り、ほぼ完璧に受け答えができている。

「大丈夫そうね。でも、気は抜かないで。さっきみたいに敬語になったら一巻の終わりだから」

『わかったよ。二度とないようにする。ところで、南条君と会うのはいつごろになるんだ？』

　橋本が父親のまま訊ねてきた。

「十日以内にはセッティングするわ。場所は南条さんが指定するから、恐らく一流ホテルのラウンジになると思うわ。お父さんは浮世離れした作家だから、マナーを知らなくてもおどおどしないでどんと構えていて。無作法は花柳鳳らしいけど、動揺するのは花柳鳳らしくないわ。もっと言えば、礼儀作法に詳しくても花柳鳳らしくないことはしないで」

『了解』

「了解という言葉遣いは、花柳鳳らしくないわ。以後、気を付けてね」

　すかさず、華は橋本に釘を刺した。

『わかったよ』

「あとで花柳鳳についての振る舞い、癖、嗜好の追加資料をメールするからレッスンしておいてね。お疲れ様」

華は橋本に告げると、タブレットPCをシャットダウンした。

「問題は、こっちね」

お母さん、予定通り二時からオンライン指導を始めるのでよろしくね。

華はスマートフォンを手にし、母親役の真知子(まちこ)に送るLINEの文面を作った。

真知子は橋本に比べていわゆる大根役者で、演技がわざとらしい。

華の名前を言い間違えたり敬語を使うのは茶飯事だ。

いまの状態では、とてもではないが俊とは会わせられない。

華はLINEの送信アイコンをタップした。

☆

真知子へのオンライン指導が終わったときには、六時を回っていた。

橋本に比べればまだまだだが、真知子なりに進歩していた。

一仕事終え、急に空腹を感じた。

考えてみれば、今日は昼間からなにも食べていない。

華が腰を上げ冷蔵庫に向かいかけたとき、ドアが開く音がした。

華は踵を返し、玄関に向かった。

「おかえ──」

言いかけた言葉を、華は呑み込んだ。

「家の前で声をかけられて。華の会社の編集長さんでしょ？」

ゆきが説明した。

「どうして、ここがわかったんですか？」

華は、ゆきの背後に立つ野島に訊ねた。

「君の家に行ったんだよ。そしたら、娘はいないってお母様に言われてね」

「母さんはここにいることを知らない……」

「私が教えたの」

ゆきがバツが悪そうに言った。

「え？　どうして私に黙って勝手なことをするの⁉」

華は厳しい表情でゆきを問い詰めた。

「喧嘩別れみたいにして家を飛び出してきたんだから、居所を知らせておかないと心配して警察に行方不明者届を出されるかもしれないでしょう？　娘がどこにいるか教えておけば親は安心するから、おとなしくしているものよ。黙っていたのはごめんだけど、どうせだめだって言うでしょう？」

「私に話すことはありませんから、帰ってください」

華はゆきから野島に顔を向け、突き放す口調で言った。

「華、そんな言いかたは――」

「いえ、私がいきなり押しかけたんですから。佐伯君、五分でいいから時間をくれないかな？　マンションの前で立ち話でも構わないから」

野島が殊勝顔で華に懇願した。

「わかりました。五分だけなら」

ゆきの前だからそうしているのはわかっていたが、付き合うことにした。

有給休暇にもかぎりがある。いつまでも曖昧なまま引っ張ることはできないのだ。

「すぐに戻るから」

華はゆきに言い残し、サンダルを履くと野島を押し退けるように外に出た。

「異動の件ですよね？」

非常口のドアを開けた華は、階段の踊り場で足を止めて言った。

「わかっているなら話が早い。どうするつもりなんだ？」

予想通り、二人になると野島の態度が変わった。

「どうするつもりって、どういう意味ですか？」

華は腕組みをし、野島に質問を返した。

「だから、本当に辞令に従うつもりはあるのか？　もし、『極東倉庫』への異動が不満で抗議の意味で有給休暇を取っているのなら――」

「どんな理由であっても、有給休暇を取ることは罪じゃありませんよね？」

華が遮り人を食ったような顔で訊ねると、野島がため息を吐いた。

「佐伯君、今日は腹を割って話そうじゃないか。たしかに、君が有給休暇を取ることは正当に認められた権利だ。そのことを咎めているわけじゃない。私が困っているのは、君が『極東倉庫』に異動する気があるかどうかだ。もし辞令に従う気がないのなら早めに言ってくれないと困るんだ。後任の責任者を決めなければならないんだよ」

「で、辞令に従わない私はさっさと『極東出版』を去りなさい。そういうことですか？」

合いの手を入れるように、華は皮肉を口にした。

「佐伯君、君の気持ちもわかる。どうして自分が倉庫に異動になるのか？　どうして自分より業績が下の者が異動にならないのか？　それを気にしているんだろう？」

野島が一転して、共感を示すような口調で言った。

「気にしているというより、納得できないんです。父親の仕事がメインバンクの支店長だからって、業績最下位の者が編集部に残り、実績を残した私が閑職に追いやられるなんて理不尽過ぎます」

華は怒りを押し殺した声で言った。

「たとえ君の言うような理由だとしても、上層部が下した結論だからどうしようもないだろう？　正直な気持ちを言えば、私だって佐伯君には残ってほしいさ」

野島が悲痛な表情で言った。

「気休めは言わないでください」

「気休めじゃないって。編集長の立場として、業績のいい編集者を残したいのは当然だろう？」

「だったら、編集長から上の人にそう言ってくださいよ！」

それまで抑えていた鬱憤を、華は野島にぶつけた。

「私が頼んで結果が覆るのなら、いくらでも言うよ。というか、局長には言ったさ。だが、けんもほろろに断られたよ。上層部の判断だってね」

野島が渋面で長い息を吐いた。

野島が嘘を吐いているようには見えなかった。

中間管理職の野島も、役員と華の板挟みになってつらい立場なのかもしれない。

「有休が終わったら『極東倉庫』に出社しますよ」

「本当か⁉」

華の言葉に、野島が瞳を輝かせた。

野島に同情したわけではない。

退職しないという結論を出したのは、損得を考えた結果だ。

花柳鳳の娘、出版社勤務というワードに俊は魅力を感じている。

父が花柳鳳なのは嘘だが、「極東出版」に勤務というのは本当だ。

たとえ系列の倉庫管理でも、出版社勤務というのは嘘ではない。

少なくとも俊と婚約するまでは、その肩書は外せない。

婚約まで漕ぎつけたなら、「極東出版」に辞表を叩きつければいいだけの話だ。

倉庫勤務であっても出版社と繋がっているかぎり、作家や書籍の情報が入ってくる――俊の興味のある文芸作品の話題で盛り上げることができる。

「本当です。だから有給休暇が終わるまでの間、そっとしておいてください。今回の異動は急なことだったので、気持ちを入れ替える時間が必要なんです」

「あ、ああ、もちろんだとも！　そうかそうか、『極東倉庫』に行ってくれるか！」

　野島の瞳が輝いた。

「約束します」

　華は即答した。

　一刻も早く野島を追い返したかった。

「肚を決めてくれて助かったよ。正直、上層部は君に辞めてほしいのかもしれない。でも、私は君に残ってほしいと思っている。辞めてしまえば、ウチとの縁は切れてしまう。たとえ倉庫でも残っていれば、経営状態が持ち直したときに文芸部に復帰できるかもしれない。君の会社への貢献度は、私が一番わかっている。つらいとは思うが辛抱してくれ」

　野島の華をみつめる瞳からは、偽りは感じられなかった。

　だが、華の心は冷めていた。

　俊に出会うまでの華なら、野島の真意がわかり心を動かされたかも——少しは救われたのかもしれない。

　俊に出会ったいま、華にとって文芸部に戻ることは重要ではなかった。

　重要なのは、見下される側ではなく見下す側に立つことだ。

編集者としてベストセラー小説を何十作生み出したところで、華の立場は変わらない。

現に会社の業績悪化を理由に、閑職に追いやられてしまったのだ。

「日南ホテルリゾート」の御曹司の妻となれば、話は違ってくる。

編集長どころか局長、いや、社長にさえも一目置かれる立場となる。

「復帰したら一生懸命に働きます」

華は野島を追い返すために、従順な部下を演じた。

「ありがとう。じゃあ、有給休暇が終わったら連絡をくれ」

「わかりました。では、失礼します」

華は早口で言うと、踵を返し非常口のドアを開けた。

7

恵比寿の「ウェスティンホテル東京」の化粧室——洗面台の前に立つ華は、鏡の中の自分をチェックした。

メイクの崩れ、テカリ、鼻毛、歯垢、左右の巻き髪の具合——華は、隈なくチェックした。

巻き髪は強く巻き過ぎると夜の女性のようになるのでゆる巻きにした。

服はタイトなグレイのニットワンピースを着ていた。

華はルージュとリップグロスを塗り直し、化粧室を出た。

ロビーのソファには、緊張した面持ちの橋本が待っていた。

「お待たせ。お父さん、表情が硬いわよ」

華は橋本の隣のソファに座りながら言った。

「柄にもなく緊張してね。こんな豪華なホテルは久しぶりだからな」

橋本が花柳鳳になりきって言った。

「娘の彼氏に会うんだから適度な緊張はいいけど、度が過ぎるのは問題よ」

華も父親に小言を言う娘になりきっていた。

俊とは三十分後に、このホテルのバーラウンジで待ち合わせをしている。早めにホテルにきたのは、橋本が雰囲気に呑まれないためだ。

「それにしても、本当にこの格好でおかしくないのか?」

橋本が訊ねてきた。

茶の着物、グレイの羽織、草履履きという橋本の出で立ちは欧米風のホテルのロビーでかなり浮いていた。

「本物の花柳鳳先生もいつも和服らしいから。変わり者の先生だから、お父さんも変わり者になって貰わないと」

　華は周囲に視線を配りながら、腹話術師のようにほとんど唇を動かさずに言った。

　いつ俊が現れるかもしれないので、会話には細心の注意が必要だ。

「いまさらだけど、花柳先生の顔写真とかは一切出ていないのか？」

　橋本が囁いた。

「過去にいろんな週刊誌の記者が花柳先生の顔写真を探そうとしたけど、一枚もみつからなかったわ。だから安心して。ちょっと早めだけど行きましょう。南条さんが個室を取ってくれているから。場の雰囲気に慣れておいたほうがいいわ」

　華は橋本を促しソファから腰を上げた。

☆

「南条様のお連れ様ですね？　こちらへどうぞ」

　タキシードを着たロマンスグレイの紳士が、恭しく頭を下げながら個室に華と橋本を促した。

　見るからに値が張りそうな深紅の絨毯、年季の入った牛革のソファ、上質な煌めきを放つシャンデリア、大理石の楕円形のテーブル——さすがに俊が用意しただけあり、格式の高いバーだった。

華と橋本は、並んで一人掛けの革ソファに座った。

「お飲み物を、なにかご用意致しましょうか？」

「南条さんがきてからで大丈夫です」

華が笑顔で言うと、老紳士がペリエを注いだグラスを二人の前に置いた。

「ごゆっくり」

ふたたび恭しく頭を下げ、老紳士が個室を出た。

「凄いところだね」

橋本が周囲に首を巡らせながら言った。

「いまのうちに驚いておいてね」

華は微笑み、ペリエのグラスを口に運んだ。

今日が勝負時だった。

花柳鳳と俊の初顔合わせ——華の父と俊の初顔合わせ。

うまくいけば、俊との関係が一気に進展する。

嘘がバレてしまえば、いままでの苦労が水泡に帰し大魚を逃してしまう。

だが、避けては通れない。

遅かれ早かれ、いつかは越えなければならない山だ。

「復習しておこうか？」

「練習したことは頭に入っている。それより心配なのは、練習していないことを南条君から言われたときだよ」

橋本が不安げに言った。

「対応できる質問しかこないから大丈夫。もしお父さんが困るような質問がきたら、私が助けてあげるから心配しないで」

華は微笑みかけ、橋本をリラックスさせた。

「これもいまさらなんだが、調べたりしないのか？」

橋本が声を潜めて訊ねてきた。

華の夢の扉が開くかどうかは、橋本の演技にかかっているのだ。

「なにを？」

「お前のことだよ。ほら、ドラマや映画では、ああいうセレブな金持ち連中は婚約者の身辺調査をするじゃないか？　興信所に依頼されたら、本当の父親のことなんか一発でバレてしまうだろう？」

橋本が不安げな顔で言葉を続けた。

「調べるかもね」

華はあっさりと言った。

「調べるかもって、調べられたらまずいんじゃないのか？」

「たしかに、まずいわね。でも、それはまだずっと先のことよ。身辺調査をされるとしたら、婚約を前提に南条さんのご両親にご挨拶に行ってからの話よ。少なくとも南条さんはそんなことはしないわ」

橋本に言われるまでもなく、華は最初から考えていた。

結婚が近づくほどに、俊の両親が華についていろいろ調べることだろう。

だが、俊の実家に招かれるまでには早くても半年はかかる。

それまでに俊の心を奪うつもりだった。

俊を夢中にさせれば、俊の瞳に華しか映らなくすれば、真実を打ち明けても捨てられない自信があった。

逆に言えば、俊を夢中にさせるまでは絶対にバレるわけにはいかなかった。

「とにかく、お父さんは余計な心配はせずに自分のことだけを――」

ノックの音に華は口を噤み、マスクをつけた。

橋本にもつけるように目顔で促した。

「お連れ様がお見えになりました」

老紳士の声に続いて、ドアが開いた。

華は席を立ち、橋本は座ったまま――シナリオ通りだった。

花柳鳳が娘の恋人に媚びる必要はない、いや、むしろ媚びないほうが俊は喜ぶだろう。

華がプロデュースした花柳鳳は唯我独尊、偏屈、変わり者のイメージだ。

「キャラ通り頼むわよ」

華は橋本の耳元で囁いた。

「こちらからお会いしたいと言っておきながら、お待たせして申し訳ございません！」

個室に入ってくるなり、俊が恐縮しながら頭を下げた。

モスグリーンのスーツに黄色のネクタイ、同色のポケットチーフという難しいコーディネートも俊はスタイリッシュに着こなしていた。

スーツに合わせているのだろう、マスクも若草色だった。

「いえ、気にしないでください。私も父も遅れないように早めに出てきましたから。お父さん。こちらが、南条俊さんよ」

華は微笑みながら言うと、橋本に俊を紹介した。

「はじめまして！　私、華さんの友人としてお付き合いさせて頂いている南条俊と申します」

俊がマスクを外し、緊張気味に自己紹介した。

「花柳です。華がお世話になっているそうだね」

橋本が座ったまま南条に言った。

華の演出したキャラを演じているのだろうが、立ち上がらないというのはさすがに印象が悪いのではないか？

華はヒヤヒヤしていた。

「いえ、お世話なんてとんでもありません。華さんと会うのは、今日で二回目なので」

俊がマスクをつけながら言った。

華の懸念をよそに、俊が気を悪くしたふうはなさそうだった。

「なんだ、君は二回目で父親に挨拶しようと思ったのか？　ずいぶんと気の早い青年だな」

にこりともせずに言う橋本に、華の鼓動が早鐘を打ち始めた。

「南条さん、とりあえずお座りになってください」

華は俊を促した。

「華さん、ありがとうございます。花柳先生に今日のことをきちんと説明してから座ります」

　俊は生真面目に言うと、橋本に顔を戻した。

　華は内心、驚いていた。

　俊が誠実な男だということはなんとなくわかっていたが、ここまで愚直だとは思わなかった。

　よく言えば俊は、人を疑うことを知らない純粋過ぎる心の持ち主だ。

　映画やドラマなどで財閥の御曹司と言えば苦労知らずの馬鹿息子として描かれる印象が強いが、いい育ちかたをすれば俊のように心に余裕がある青年になるのかもしれない。

　幼い頃から満たされた生活なので、ガツガツしたり人を蹴落としたりする必要もないため人を疑うことがないのだ。

　俊は、華とは正反対の人間だ。

　すべてに恵まれていない環境で育った華は、俊のことを素敵な男性だと思う前に利用しやすい男性だと考えてしまう。

　そんな自分のさもしさが嫌になるが、いまさら育ちも性分も変えられない。

　華は華のやりかた——自分らしいやりかたで「上級国民」に成りあがるつもりだった。

「私は覆面作家なのだから、名を呼ぶのはやめてくれんか？」

緊張の極限にあるだろう俊に追い打ちをかけるように、橋本がダメ出しした。

「ちょっとお父さん、さっきから失礼よ」

思わず華は口を挟んだ。

演技ではなく、本心からだった。

「いえ、僕の配慮が足りませんでした。トップシークレットですから。すみませんでした」

俊は呆れるほど素直に頭を下げた。

花柳鳳の機嫌を取ろうとか仕方なくとかではなく、心からの言葉だという彼の潔さが窺えた。

「それから、私がお義父様にお会いしたかったのは――」

「まあ、座りなさい」

橋本が遮り促すと、俊は対面の席に座った。

「どうぞ」

個室の隅でタイミングを窺っていたロマンスグレイのスタッフが、遠慮がちにテーブルに高価そうな革の表紙のメニューを置いた。

「お義父様は、お酒は飲まれるほうですか？　あ、コーヒーにレミーマルタンXOを入れて飲まれるんでしたよね⁉」

俊が少年のように瞳を輝かせた。

「よく知ってるね。たしかに、ショットグラスに半分のレミーをコーヒーに入れて飲むのが私の日課だよ」

練習の甲斐があって、橋本が自然な流れで答えた。

「はい。以前、小説誌のインタビューで読んだことがあります！」

俊の瞳がさらに輝きを増した。

「じゃあ、ブランデーになさいますか？　ここには様々な銘柄が揃ってますから」

「いや、まだ日も高いことだしコーヒーにしておくよ。ブランデー抜きでね」

橋本が言うと、ニヤッとしながら俊を見た。

橋本は偏屈な男を見事に演じていた。

本当にそういう男に見えてしまう。

アルコールは事前に華が禁じていた。

酔いが回ればキャラが崩れて、ボロが出てしまうからだ。

「たしかに、そうですね。華さんは、なににしますか？」

俊が華に視線を移した。

「私もコーヒーをお願いします」

華は即答した。

今日の会談がうまくいくかどうか、橋本がしくじらないかどうかに全意識が集中するので、飲み物の味などどうせわからないのだ。

「じゃあ僕も、お二人と同じにします。コーヒー党のお義父様に、お勧めをチョイスして頂いてもいいですか？　実は、僕もコーヒーは大好きなんです」

「私が君の飲むコーヒーを選ぶのか？」

橋本が俊に訊ねた。

平静を装っているが、内心は動揺しているに違いない。

俊がコーヒー党ということを初めて知った。

もちろん橋本にはコーヒーについて勉強するように命じていたが、入門編的な知識だ。

俊がコーヒーに詳しいとなれば話は違ってくる。

なんとか乗り切って……。

華は心で橋本に念を送った。

「はい。ご迷惑でなければ。お義父様にチョイスして頂いたコーヒーを飲んでみたいです」

俊がワクワクした顔で言った。

大ファンの小説家に大好きなコーヒーの銘柄をチョイスして貰うのは、俊にとっては至福のひとときに違いない。

　華はメニューに視線を落とした。

　キリマンジャロ、グアテマラ、モカ、コナ、コロンビア、ブラジル、マンデリン、トラジャ、ケニア、ジャワ、コスタリカ、キューバ、パプアニューギニア……。

　パッと見ただけで十数種類のコーヒー豆が並んでいた。

　これだけの豆の風味を橋本が覚えているとは思えなかった。

　風味どころか、豆の名前さえわかっていない可能性もあった。

「迷惑だよ」

　唐突に橋本が言った。

「えっ……」

　俊が表情を失った。

　いったい、なにを言うつもりなのか？

　追い詰められて自棄になってしまったのか？

「お父さん、南条さんに失礼でしょう」

　華は橋本を軽く睨みつけた。

「あ、華さん、僕が失礼なことを言ってしまったので──」

「酸味、苦味、甘味、コク――どの風味が好みかわかれば、それだけでコーヒーを勧められるとでも思っているのかね?」

橋本が俊を遮り訊ねた。

「……違うんでしょうか?」

恐る恐る、俊が訊ね返した。

「いいかね? 酒と同じでコーヒーもその日の体調や気候によって味が変わるんだ。だから、たとえば普段の君が酸味の強いコーヒーが好みでも今日の体調や気候次第ではコクのある風味を身体が求めている場合もあるし、苦味の強い風味を求めている場合もある。コーヒーを相手に勧めるっていうのはな、君が考えているように単純なものではないんだよ」

橋本がしたり顔で蘊蓄を垂れた。

「さすがです! 僕は上っ面の知識だけで物を語っていました。気候や体調によって味が変わる――深い、深過ぎます。やっぱりお義父様の洞察力は、僕ら平凡な人間とは違いますね!」

俊が感激の面持ちで言った。

橋本が口にした蘊蓄が本当かでたらめかわからないが、俊には効果的だった。

説教されて痛烈にダメ出しされたというのに、俊の瞳は感動に潤んでいた。

「父と同じ物を頼まれたらどうですか？」

華は俊を促した。

いまはうまく乗り切っても、これ以上蘊蓄を垂れたらいつボロが出るかもしれないのだ。

「あ、いいですね！　お義父様と同じ銘柄のコーヒーを飲めるなんて光栄です」

俊が子供のように破顔した。

「お父さん、なにを飲む？　私も南条さんも、同じものにするから」

華は橋本にメニューを差し出した。

「ブレンド」

橋本はメニューには眼もくれずに言った。

「えっ？　ブレンド⁉」

思わず、華は繰り返した。

俊も拍子抜けの顔をしていた。

「ああ、ブレンドだ」

橋本が当然と言った顔で繰り返した。

どの豆を選んでいいのかわからずに開き直ったのか？

華の掌がじっとりと汗ばんだ。

策はあるのか？

もしなにもなければ――。

「ブレンドでいいの？」

華は祈りを込めて確認した。

「ブレンドがいいんだよ。私は初めての店に行ったときに、酒は水割りでコーヒーはブレンドと決めている。シンプルで大衆的だからごまかしが利かない。そうだろう？」

橋本がロマンスグレイのスタッフに水を向けた。

「はい。お客様のおっしゃる通りです。私どもの店はお酒もコーヒーも扱っているのですが、水割りとブレンドコーヒーには一番気を遣っています」

ロマンスグレイのスタッフが、上品な笑みを湛えながら言った。

「本当にお義父様は凄いですね！　僕もブレンドをお願いします」

俊が弾む声で言った。

「私もお願いします」

華は胸を撫で下ろすと同時に、改めて橋本を見直した。

優秀な男だと思っていたが、想像以上の機転と対応力だった。

「誰もいなくなったので、さっきのお話の続きをしてもいいですか？」

ロマンスグレイのスタッフが退室するのを見計らい、俊が声を潜めて訊ねた。

「話の続きとは？」

橋本が惚けてみせた。

「僕がお義父様とお会いしたかった理由です。僕は花柳鳳先生の大ファンで、先生の作品はすべて読ませて頂いています。それで華さんに頼んで――」

「それで、華に近づいたのかね？」

橋本が俊を遮り、押し殺した声で訊ねた。

「え？」

「私に会いたいがために、華と交際を始めたのかと訊いておるんだよ」

橋本が追い討ちをかけるように俊に質問を重ねた。

「いえ、そのようなことはありません」

俊は額に噴き出す玉の汗をハンカチで拭いながら否定した。

これは華のシナリオだった。

花柳鳳が父という効力で俊と急接近できたのはありがたいが、いつまでもこれが続くのは困る。

いつかは真実を打ち明けなければならないときがくるのだ。

そのときまでに、俊の心を完全に奪わなければならない。

「普通は父親が娘の彼氏と会うということの意味は、結婚を前提にした交際を認めて貰いたいからではないのかね？　君は華のことをどう思っているのかな？」

「大変聡明で、美しい方だと――」

「そういうことを訊いているのではなく、君は華と結婚を見据えた交際を望んでいるのか、それとも私の娘だから興味本位で付き合おうとしているのか、どっちなんだね？」

橋本は俊を執拗に追い詰めた。

「もう、お父さん、南条さんをイジメないで。今日でまだ二回目なのに結婚を見据えるとかなんとか、考えられるわけないでしょう」

華は心とは裏腹に、厳しい口調で橋本を窘めた。

「いえ、華さん。僕が曖昧な形でこういう席を設けてしまったのがいけないんです。お義父様に、そう思われても仕方ありません。華さんのお父様が大ファンの花柳先生だと知ったときには驚き、舞い上がりました。花柳先生とお近づきになれるかもしれないと思ったのも事実です。ですが、私が華さんとお付き合いしようと思ったのはそれが理由ではありません。言葉ではうまく言い表せないのですが、華さんとお会いしたときにインスピレーションのようなものを感じたんです。この人となら、将来を見据えたお付き合いができそうだと」

俊が真摯（しんし）な態度で橋本に気持ちを伝えた。

華は密かにほくそ笑んだ。

「南条さん、そう言って頂けるのは嬉しいですが無理しなくてもいいんですよ」

華は心にもない言葉を口にした。

「なにを言ってるんですか！　僕は無理なんてしていませんよ。華さんと出会えて、本当によかったと思っています」

俊が力強い口調で言った。

「ということは、結婚を前提としての付き合いと捉えていいんだな？」

間髪を容れずに、橋本が詰めた。

「はい。構いません！　僕は結婚を前提に華さんとお付き合いをさせて頂きます」

俊が即答した。

華はふたたびほくそ笑んだ。

8

華はハミングしながら、リズミカルに食器を洗った。

――僕は結婚を前提に華さんとお付き合いをさせて頂きます。

昨日の「ウェスティンホテル東京」のバーラウンジでの俊の言葉を思い出し、華の頰の筋肉が弛緩した。

橋本の好演のおかげで、想像以上にトントン拍子に話が進んだ。

偽父であること、花柳鳳に成りすましていることがバレないかと冷や冷やして臨んだ顔合わせの場だった。

万が一しくじってしまったら一巻の終わりという緊迫した場面で、橋本は見事に花柳鳳を演じ切った。

それだけではなく、結婚を前提としての付き合いという言質を俊から取る快挙を達成した。

「どうしたの、ニヤニヤして気持ち悪いな」

お風呂から上がったゆきが、華の隣に立ち、顔を覗き込んできた。

「俊さんがさ、結婚を前提に付き合ってくれるって私とお父さんの前で宣言したんだよね。『日南ホテルリゾート』の御曹司が、私を婚約者として認めたのよ。凄いと思わない⁉」

華は弾む声で言った。

夢のようだった。

物心ついてからずっと金に苦労させられてきた自分が、正真正銘のセレブからプロポーズ同然の言葉を貰ったのだ。

もちろん、これから問題が山積していることも承知の上だ。

偽父の件、本当の両親の件をずっと隠し通せるとは思っていなかった。

「お父さんの前で宣言したって、あなたの本当のお父さんじゃないでしょう？」

「そうよ。でも、俊さんは信じているから本当のお父さんでいいの。大事なことは真実よりも、俊さんがどう思っているかだから」

華はゆきにウインクした。

「華、正気なの⁉　それは俊さんを騙しているだけでしょう⁉　それに、まだ二回目なのに結婚を前提だなんて、俊さんって人も軽々しくない？」

ゆきが非難の眼を華に向けた。

「だから？　嘘もつき通せば真実になるの。それに俊さんは、軽々しいというよりは世間知らずのお坊ちゃんって感じね。よく言えば純粋ということかしら」

「あなた……。本当に華なの？」

ゆきの瞳に困惑の色が宿った。

「なにを言ってるのよ。あたりまえじゃない」

華が悪びれるふうもなく言った。

「いいえ、違うわ。私の知ってる華は、そんなことを言う人間じゃなかったわ」

「そんなことって？」

惚けたのではなく、華には本当にゆきの言っている意味がわからなかった。

「人を操るような言動よ。私の知ってるあなたは、不器用だけど損得を考えないで困っている人がいれば助けてあげるような人だったでしょう？　少なくとも、嘘もつき通せば真実になるなんて言うような人じゃなかったわ」

「その結果、周りの人が私になにをしてくれた？」

洗い物の手を止め、華はゆきを見据えた。

「えっ？」

「会社は私を倉庫に飛ばして、両親はお金の無心をして私の足を引っ張るばかり。うるさい作家の対応について助言した同僚からは一本の電話もない。それなのに、私にそんな割の合わない人生を送り続けろというの？　私に道化を演じ続けろというの？」

華は押し殺した声でゆきに質問を重ねた。

「あなたの腹立ちはわかるけど、人の道から外れる言い訳にはならないわ。このままだと、華もその人達と同類になるわよ。いまならまだ、間に合うわ。嘘で塗り固めてセレブになろうなんて馬鹿なことはやめなさい。仕事なら、私が紹介……」

「ゆきには感謝してる。あなただけは、いつも私によくしてくれたわ。いまもね。だから、ゆきとの関係だけは壊したくないの。たしかに、私は変わったわ。変わらなければ、人生も変わらないから。だけど、これだけは約束する。私がどんなに変わっても、あなたの前だけでは昔のままの私でいるから」

華はゆきの手を握り、思いを込めてみつめた。

嘘でも方便でもなく、華にはその自信があった。

ゆきの前では、素のままの自分でいられる自信が——。

「私は、あなたのことが心配なの。だいたい、その偽父——橋本って人も大丈夫なの？　秘密を口外しないの？」

「念書を書かせているから大丈夫よ。契約違反になれば違約金も発生するし、なにより家庭の事情でお金が必要な人だから」

「だからよ。お金で動くような人間は、状況が変われば裏切るものよ」

「バイト暮らしの舞台役者を、私以上の好条件で雇う物好きはいないわ」

華はきっぱりと言った。

「華……」

ゆきが哀しそうな顔で華をみつめた。

ごめんね。もう、後には引き返せないの。
華は心の中でゆきに詫びた。

第三章　迷走

1

十五畳の寝室に、俊の呻き声が響き渡った。

キングサイズのベッド——その上で仁王立ちになった華は、全裸で大の字になる俊の熱り立った性器を足で踏みつけた。

「なに？　まさか興奮してるの？　こんなにちんこを硬くして、はしたない男ね。恥を知りなさい、恥を！」

華は俊をなじりながら、性器を踏みつける足に力を入れた。

「うふぁ……ゆ、許してください……うっ……」

俊が身を捩り、恍惚に顔を歪めた。

「女にちんこを踏みつけられて、馬鹿にされてイキそうになっているわけ!?　なにが『日南ホテルリゾート』の御曹司よ。ただの変態M男じゃない！」

華がなじればなじるほどに、俊の顔は歪み呻き声が大きくなった。

「お願いします……華さんの聖水を……聖水をください……」

俊が涙目で懇願した。

華は信じられない思いで俊をみつめた。

三ヵ月前までは、こんな関係になるとは想像もつかなかった。

もちろん、俊がマゾヒストであることも。

橋本扮する花柳鳳に会ってから、俊との仲が急速に深まった。

——そういうことを訊いているのではなく、君は華と結婚を見据えた交際を望んでいるのか、それとも私の娘だから興味本位で付き合おうとしているのか、どっちなんだね？

橋本の一言が、俊を変えた。

あれから俊は変わった。

俊の口から花柳鳳の話題は出なくなり、華だけをみつめてくれるようになった。

もちろん、華も努力した。

料理教室に通い、俊の好きな料理を徹底的に練習した。

俊の読書以外の趣味——乗馬やピアノについて勉強し、話題を盛り上げた。

俊のために尽くした――一日の大半を、俊のために費やした。

初めて肉体関係を持ったのは、いまから二ヵ月前だった。

高層ホテルの鉄板焼き店でのディナーの帰り、二人は客室に場所を移して男女の関係になった。

最初、赤ワインを飲み過ぎたせいで俊は機能しなかった。

だが、彼の一言が状況を変えた。

――僕を罵(ののし)ってくれないかな？

――どういうことですか？

――軽蔑しないでほしいんだけど、僕はMなんだ。

――えっ！

――つまり、罵倒されたり、なじられたりしないと性的に興奮できない体質だ。軽蔑したかい？

――いいえ。軽蔑なんてしません。それはあくまでも性的嗜好の一つで、俊さんの人間性が素晴らしいことは知っていますから。

お世辞ではなかった。

華は俊の性癖を軽蔑はしなかった。

軽蔑するどころか、むしろ華にとっては好都合だった。

「聖水をあげるのはいいけど、自分で掃除しなさいよ！　わかった⁉」

華は俊の顔を跨ぎながら強い口調で命じた。

「も、もちろんです。僕がきれいに掃除しますから——聖水をください」

俊が上ずる声で言うと、大きく口を開けた。

華は立ったまま、俊の顔面に放尿した。

俊は水面で空気を貪る金魚のように唇をパクパクとさせ、尿を飲み始めた。

「自慢の息子が私のおしっこを飲んでるなんて知ったら、お上品でご立派なご両親はどう思うかしら？　こんな変態男が婚約者なんて、みっともなくて誰にも言えないわ！　あなたはドブネズミ、いえ、ゴキブリ以下の醜いオスよ！」

「ううっ……うふぁ！」

尿を飲みながら、俊が射精した。

「触れてもないのにイクなんて、馬鹿じゃないの！」

華の嘲笑が、ベッドルームに響き渡った。

☆

尿に塗れたシーツを洗濯機に入れた華は、ベッドルームに戻り新しいシーツをセッティングした。

皺を伸ばし除菌スプレーを噴霧した。

セックスのたびにこのルーティンは大変だったが、俊との関係を深めるためには必要な儀式だった。

実際に、特異な肉体関係を結んでから俊との距離はグッと縮まった。

それだけではない。

華は強力な切り札を手に入れた。

華はベッド脇のナイトテーブルに置いてあるトートバッグをちらりと見た。

バッグにはピンホールカメラが仕込まれている。

これまでの俊との情事は、すべて動画で撮影していた。

「なにか、手伝おうか？」

ナイトガウンを着た俊がシャワールームから出てきて訊ねてきた。

「ううん、大丈夫。あなたはワインでも呑んでゆっくりしてて。冷蔵庫に俊さんが好きなポテサラが入ってるから。掃除が終わったら、なにかお腹に溜まるものを作るから待っててね」

華はベッドシーツに除菌スプレーを撒きながら微笑んだ。

「いつも悪いね。なにからなにまで」

俊が申し訳なさそうに言った。

「とんでもない。私のほうこそ、あなたに感謝してるわ。こんなに素敵な部屋に住まわせて貰ってるし」

華は広々としたベッドルームを見渡した。

青山のタワーマンションの三十階の１ＬＤＫには、先月から住み始めていた。

リビングルームは二十畳で、家賃は四十五万もする。

自分が青山のタワーマンションに住むなど、いまだに信じられなかった。

マンションだけではない。

五万円の鉄板焼き、値段表示のない寿司店、五十万円のブランドバッグ、十五万円の靴、七十万円のコート――俊は、華に夢のような体験をさせてくれた。

僅か三ヵ月で、貧しい家に生まれた出版社のＯＬはシンデレラになった。

ドッキリ番組ではないかと疑うときもあった。

だが、これは夢でもドッキリ番組でもない。

華が自らの手で摑んだセレブへのチケットなのだ。

「君は僕の婚約者だし、会社では秘書もしてくれている。当然の対価だよ」

俊が柔和に眼を細めた。

俊に誘われた華は「極東出版」を退職し、二ヵ月前から「日南サービス」の社長付き秘書として働き始めた。

秘書と言っても俊のアポイントの整理とスケジュール管理が主な業務なので、編集者時代とは比べようもないほど楽だった。

十時出社五時退社で、給料は四十万というありえない高給を貰っていた。

俊と出会うまでの生活環境からは想像もできないほどに恵まれていた。

俊が微笑みを残し、ベッドルームをあとにした。

だが、華の心は満たされていなかった。

これくらいの贅沢なら、金持ちのパパを捕まえたインフルエンサーでもできる。

華がほしいのは誰も馬鹿にできない——誰もが羨む絶対的な生活水準だ。

「じゃあ、先に呑んでるよ。君も早めにおいで。年代物のワインを用意したからさ」

一人になると、華はベッドに腰を下ろした。

俊の恋人のままでは、暫定の立場だ。

俊が心変わりして別れを告げられれば、華の生活は逆戻りする。

このままでは、なんの保証もないのだ。

華が不動の地位を手に入れるには、俊の妻になるしかない。

俊の心も体も虜にしている華が、花嫁候補の最有力なのは間違いない。

現に、近々両親に紹介したいと言われている。

しかし、結婚すれば偽両親のことがバレてしまう。

かといって、隠し通したままでは生涯結婚できない。

華のシナリオでは、もう少し俊の心を虜にしてから理由をつけて両親のことを告白するつもりだった。

華はドレッサーの前に座った。

鏡の中の女性は、短期間で見違えるように垢抜けた。

もともと顔立ちは整っていて美人と呼ばれる類ではあったが、エステ、小顔矯正、リンパマッサージなど、美容に金をかけられるようになってから肌の艶や張りが格段によくなった。

なにより、自信からくる瞳の輝きが華を生き生きと美しく見せていた。

「私の実家は貧しくて、学生時代からアルバイトを掛け持ちして家計を支えていたの。友人と遊んだりオシャレする金銭的余裕も時間的余裕もない十代だった。それは、成人して出版社に勤務してからも同じだった。実家は小さな食堂を経営していて赤字続きだったのだけど、コロナ禍になってからは経営状態がさらに悪化して、売り上げがゼロの日も珍しくはなかった。両親はいままで以上に私に無心するようになって、自分で使えるぶんはご飯代と移動費くらいのものだったわ」

華は言葉を切り、伏し目がちに唇を噛んだ。

「そんなときに友人から、恋人でもみつけたらってマッチングアプリを教えて貰ったの。そこで、あなたと出会った。こんな素敵な人と付き合えたら……私は夢見たわ。でも、あまりにも住む世界が違い過ぎる。俊さんは、きっと私になんか見向きもしてくれない。私は自棄になって、でたらめのプロフィールを作ってあなたにイイねを押したの。父を花柳先生にしたのは、誰もが名前を知っている売れっ子だけど覆面作家だからバレないと思って……ただそれだけの軽い気持ちだったの。俊さんが花柳先生の大ファンだというのはあとから知ったわ。もう、そのときはあとに引けなくなってしまって……」

華は声を震わせ、涙を浮かべた。

「花柳先生が私の父だと信じたあなたとの関係は、トントン拍子に進んだ。もう、あとに引けなくて偽者の父親を俊さんに会わせてしまった……。あなたを失いたくない……その思いばかりに囚われて、嘘を重ねてしまったの……。許されることではないと、わかっているわ。いままで、騙し続けてごめんなさい。そして、いままで夢を見せてくれてありがとう……」

華の右の頬に、涙が伝った。

我ながら名演だった。

もう少し二人の絆が深まれば、せめてあと三ヵ月交際を続けた後に打ち明ければ許して貰えるだろうという自信はあった。

もし俊に愛想を尽かされたならば、そのときは切り札——盗撮動画を使って手切れ金を取るまでだ。

「日南ホテルリゾート」の御曹司が婚約者の尿を飲んでいる動画がマスコミに流出するのを阻止するためならば、二、三千万は出すだろう。

俊の妻になれば、その十倍以上の金を動かせたに違いない。

金だけでなく、フリーになればセレブ妻という肩書を失ってしまう。

ただし捨てられるにしても、無一文はごめんだ。

手切れ金があればそれを元手に、巻き返せるチャンスがあった——玉の輿を狙わなくても、起業して成り上がれるチャンスがあった。

だが、嘘を告白しても俊は華と別れないだろうという自信はあった。

三ヵ月間、俊の心を摑む努力をしてきた——肉体を虜にする努力をしてきた。

いまでは立場が逆転して、俊のほうが華に夢中だった。

一方、華が俊に夢中だったときはない。

夢中のふりをしているだけだ。

とはいえ、華が自ら告白するまでにバレたら話は違ってくる。

あと三ヵ月は、これまで通り慎重を期して秘密を保持しなければならない。

「華、早くおいでよ！」

ドア越しに俊の呼ぶ声が聞こえた。

「はーい。いま行きまーす！」

鏡の中——それまで険しい表情だった女性が、無邪気に微笑みながら潑溂(はつらつ)とした声を返した。

2

相変わらずみすぼらしい店構えだった。

華は数ヵ月ぶりに「団欒」――実家の店を訪れた。

薄汚れた看板を見ているだけで、暗鬱な気分になる。

華にとっての実家での生活は、団欒ではなく地獄だった。

ただ、気づくのが遅かった。

学生時代は、貧しい家に金を入れるのは子として当然の役目だと思っていた。

育てて貰った恩返し――だからこそ、友人と遊びたい盛りの十代にバイトに明け暮れた。

父は娘の入れた金を店の運営資金ではなく、酒代に費やした。

母は娘が苦労して稼いだ金を浪費する父に小言しか言わなかった。

どこの家庭も、似たようなものだと思っていた――思い込もうとした。

佐伯家があたりまえではないと気づき始めたのは、高校を卒業してからだった。

だが、佐伯家が友人の家庭と違うとわかっても、急に金を入れないというわけにはいかなかった。

父を堕落させるための金を稼ぐ日々――地獄の日々は続いた。

ようやく抜け出した地獄に戻るのはごめんだ。

両親には、いままでの貸しを返して貰わなければならない。

華はため息を吐き、扉を開けた。

「お、これはこれは珍しいお客様のおでましだ。さあさあ、お座りくださいませ」

赤く染まった顔、呂律の回らない口調――予想通り酔っ払った正蔵が、カウンター席を華に勧めた。

「また飲んでるの？　まだ十一時よ。お昼にもなっていないじゃない」

華は冷めた口調で言いながら、正蔵の前に置かれた飲みかけのビールの中瓶に眼をやった。

「飲みたくもなるってもんだ。コロナの野郎のせいで商売は上がったりだし、最愛の娘にゃ見捨てられるし、こいつくらいしか俺を慰めてくれなくてな」

父が嘯き、ビールのグラスを宙に掲げた。

「なに言ってるのよ。私がいるときから飲んでたでしょ？　それに赤字なのは、コロナ禍になる十年以上も前からでしょ」

華は呆れた口調で言いつつ、正蔵の隣の席に腰を下ろした。

「なんだ？　久々に親子の再会を祝って父娘で飲もうってか？」

「今日は、大事な話があってきたの。話の間、お酒はやめて」

華は正蔵からビール瓶を取り上げた。

「なにすんだ！　返せ！」

血相を変えて手を伸ばす正蔵を、華は上体を捻り躱した。

「なにを騒いで……あら、華じゃない！」

奥の部屋から現れた昌子が、驚きの声を上げた。

「こいつが俺の酒を……」

「二人とも、こっちにきて」

華は正蔵を遮り、テーブル席に両親を促した。

「物を頼むなら酒を返せって言うんだよ、ったくよ」

「なあに、怖い顔して」

ぶつぶつと文句を言う正蔵と怪訝そうな昌子が、四人掛けの席に座った。

「私、もうすぐ結婚するの」

両親の正面の席に腰を下ろすなり、華は言った。

「結婚だぁ⁉」

「結婚⁉」

二人が揃って素頓狂な声を上げた。

華は頷いた。

「相手は誰だ⁉　なにをやってる奴だ⁉　金持ちか⁉」

「なにをしている人なの？　年収はどのくらい？」

言い方こそ違えど、二人が気になるのは結婚相手の仕事と稼ぎだ。

金への執着心が強いところは似た者同士だ。

「財閥の御曹司よ。会社の年商は軽く百億を超えているわ」

華は冷めた口調で言った。

「百億だって！」

「財閥の御曹司ですって！」

二人の大声が店内に響き渡った。

「あなた、そんな凄いお金持ちとどこで知り合ったの⁉」

「おいっ、そんなことより、結婚するってことはその金持ちは家族になるんだよな？　っつーことは、そいつの金は父ちゃん達にも……」

華はテーブルに両手を叩きつけた。

二人とも無言になり、びっくりした顔で華を見た。

「いまから私の言うことに協力してくれたら、毎月五十万を振り込むから」

華は淡々とした口調で言った。

「五十万⁉　そりゃ本当か⁉」

　正蔵が眼を輝かせて立ち上がった。

「華、どういうことか説明してちょうだい」

　昌子は必死に平静を装っているが、抑え切れない興奮に声が上ずっていた。

「毎月五十万を、俺の口座に本当に振り込むのか⁉」

「誰が父さんの口座に振り込むって決めたのよ！」

　物凄い剣幕で、昌子が正蔵に食ってかかった。

「そんなもん、家長の俺の口座に入るのは当然のことじゃねえか！」

　正蔵も昌子に食ってかかった。

「なにが家長よ！　朝から酒浸りで仕事もしないろくでなしが！」

「なんだと――」

「二人ともやめて！　父さんは座って！」

　華の剣幕に圧倒され、正蔵が渋々と椅子に腰を戻した。

「時間がないから、簡潔に言うわね。今日かぎり、私と親子の縁を切ってちょうだい」

　華はさらりと言った。

「親子の縁を切るだって⁉」

「華、どういうことなの⁉」

予想通り、二人が血相を変えた。

「そのままの意味よ。私は財閥の御曹司と結婚する。父さん、母さんと私は他人になる。だから、今後一切、私に連絡してこないで。そうすれば、五十万は振り込むから」

華は事務的な口調で言った。

「ちょっ、ちょっと待ってくれ。五十万を毎月振り込む条件が、どうして親子の縁を切ることなんだよ⁉」

「そうよ！　血が繫がっている実の親子なんだから、そんなことできるわけないでしょう！」

娘がそういう条件を出すに至った気持ちを考えようともせずに気色ばむ二人を見て、華の心はさらに冷え切った。

「決まってるでしょう。父さんや母さんと会わせたら、結婚話が壊れるからよ」

華は抑揚のない口調で言った。

「んっ？　なんで、父ちゃん、母ちゃんと会うとお前らの結婚が――」

「娘に金を無心する父親なんて、会わせられるわけないじゃない」

「あなた、親に向かってなんてことを言うの！　父さんに謝りなさいっ」

「他人事みたいに言わないでよ。母さんも父さんと同じよ」

華は無表情に言い放った。

「なんですって！　さっきからその口の利きかたは――」

「まあまあまあ、そう怒るなって。考えてみりゃ、華の言うこともわかる。いいとこのボンボンなら、親もうるさいだろうからよ。うちみたいな食堂の娘を、大事な息子の嫁にゃしたくねえってもんだ」

珍しく正蔵が華を擁護した魂胆はわかっていた。

「まあ、父さんまで華の肩を持つの⁉　第一、親子の縁を切ったところで私達のことは隠し通せるものじゃないでしょうに⁉　そんなお金持ちの親なら、すぐに調べがつくわよ！」

昌子が憤然とした口調で言った。

「わかってるわ。隠し続けようなんて思ってないし、正直に言うつもりよ。学生時代からお金を無心され続けてきたから縁を切ったって」

「なっ――」

昌子が絶句した。

本当に俊には両親のことを言うつもりだった。

だが、内容は創作する必要があった。

金を無心されていた程度の理由では、親子の縁を切るのはひどいと華が悪者になる恐れがあった。

幼少時から父に性的虐待を受け続け、母は黙殺していたという物語を聞かせれば両親と縁を切るという華を責める者はいない。

そして、赤の他人を偽父に仕立て上げ欺いたことを許してくれるという確信があった。

「あんたって子は、どこまで親不孝な――」

「わかった！　縁を切ろうじゃねえか！」

正蔵の大声が昌子を遮った。

「なに勝手なことを言ってるのよ！」

「お前は黙ってろ！　なあ、華よ。縁を切る代わりに条件がある」

正蔵が淀んだ眼で華を見た。

「条件？」

華は眉を顰めた。

「月の振り込みを百万にしてくれねえか？　お前の婚約者は金持ちだから、百万なんて俺らの一万円くらいのもんだろ？　いや、千円か？　もしかしたら百円かもな？」

正蔵が黄ばんだ前歯を剝き出しに卑しく笑った。

「そうよね。あなたも、たまにはまともなことを言うじゃない？　よくよく考えてみれば財閥の息子に一人娘を取られるんだから、百万でも安いくらいだわ。華。男に二百万を払って貰いなさい。嫁を育てた親として、それくらいして貰う権利はあるわ」

昌子が掌を返したように態度を豹変させた。

やはり、正蔵と昌子は同類の寄生虫だ。

「二十五万」

華は無表情に言った。

「は？」

今度は正蔵が眉を顰めた。

「欲を出したから減らしたわ」

「ちょちょ、ちょっと待てや！　希望を言っただけじゃねえか！　だいたいお前が欲かいて二百万なんて言うから華を怒らせたんじゃねえか！」

正蔵が慌てて弁明し、華の機嫌を取るように昌子を叱責した。

「欲じゃなくて、当然の権利よ！　華、そんなに強気に出ていいわけ？　私達が彼氏に本当のことを話したら、結婚どころか別れ話になるんじゃないの⁉」

昌子が挑戦的に言った。

「なるでしょうね」

華は呆気なく認めた。

「あなた、そうなれば困るでしょ⁉」

昌子が窺うように言った。

「別に。また、ほかを当たるから。五十万の仕送りの話はなくなるけどね」

華は淡々とした口調で言った。

「強がらなくてもいいわよ。いまの人、お金持ちなんでしょう？　あなただって、別れたくないでしょう？」

相変わらず、昌子は華を試していた。

ここが勝負どころだ。

微塵も動揺を見せてはならない。

「そりゃ別れたくないけど、仕方ないわ。父さんも母さんもなにか勘違いしているけど、婚約者がどんなに資産家でも私がお金を自由に使えるわけじゃないのよ？　五十万ならなんとか捻出できるけど、それ以上は無理だから。ということで、交渉決裂ね。残念だわ」

華は一方的に告げると腰を上げた。

「待て！」

「待って！」

　正蔵と昌子が、華の手首を同時に掴んだ。

「なによ」

「五十で手を打とうじゃねえか」

　正蔵が卑しく笑いながら言った。

「そういうことなら、仕方ないわね。五十でいいわよ」

　昌子が恩着せがましく言った。

「五十で手を打つ？　五十でいいわよ？　そんなに上から目線の人達に払うつもりはないわ。毎月五十万がほしいなら、頭を下げてお願いしてくれる？」

　華は立ったまま、両親を見下ろした。

「あ、悪い悪い。そんなつもりじゃねえから、気を悪くしないでくれ。じゃあ改めて、毎月五十の仕送りを頼むよ」

　正蔵が遜り頭を下げた。

「嫌ねえ、上から目線なわけないじゃない。華にはいつも感謝してるのよ。私も改めて、お願いするわ」

　昌子が遜り頭を下げた。

「時間の無駄だから、最初からそうしてちょうだい」

　金の話がなくなりそうになったら慌てて媚びてくる両親に、華は吐き捨てるように言いながら用意してきたB5サイズの書類をテーブルに置いた。

「念書よ。サインして」

「念書？　なんだそりゃ？」

「なんの念書よ？」

　正蔵と昌子が訝しそうな顔を華に向けた。

「決まってるでしょう？　もし約束を破ったら、それまでに支払った仕送りの返金と賠償金を五百万支払うっていう念書よ」

　華は淡々とした口調で言った。

「ご、五百だと⁉　そんな金、払えるわけないだろうが！」

「そうよ！　あんた、ウチの台所事情をよく知ってるでしょうに！」

　予想通り、両親の血相が変わった。

「知ってるわよ。あなた達が金の亡者だってこともね。五百万が五千万でも、約束を守ればいいだけの話よ」

　華は眉一つ動かさずに、取り付く島もなく言った。

　両親から得るものなど、なに一つないと、これまでの人生で十二分にわかっていた。

だが、一つだけふたりにたいして誤解していたことがある。

母が父以上の金の亡者だったということだ。

3

「素敵なお店ね」

華は壁にかけられたシャガールの絵画や天井に煌めくスワロフスキーのシャンデリアに視線を巡らせながら微笑んだ。

「うん。財界人や芸能人がよく利用していて、普通なら一年先まで予約が取れない評判の店だよ。さ、とりあえず乾杯しよう」

俊が掲げたシャンパンのグラスに、華もグラスを触れ合わせた。

上質なシャンパングラスが奏でる音色は、「団欒」で使っているような百円ショップのグラスとは響きが違った。

「美味しい！　なんていうシャンパン？」

華はスペードのエースのラベルが貼られたシルバーメタリックのボトルを見ながら訊ねた。

「これはね、『アルマン・ド・ブリニャック・ブラン・ド・ブラン』というシャンパンだよ。

モンターニュ・ド・ランス地区とコート・デ・ブランのシャルドネを半分ずつ使って作られているから、混じり気がなくて清澄な味わいなんだ」

俊がシャンパングラスを傾けながら蘊蓄を垂れた。

「俊さんって、本当に博識なのね」

「いや、ただの酒好きなだけさ」

俊が無邪気に笑った。

ほかの金持ちが口にすると鼻につくが、俊が言うと嫌味にはならない。

ルックスもよく、性格もよく、育ちもよく、おまけに資産家で……俊はドラマや映画に出てくるような非の打ちどころのない好青年だった。

ほとんどの女性は俊に夢中になるだろう。

華も俊が魅力のある男だということは認めていた。

白馬に乗った王子様と言っても過言ではない。

だが、華は俊にときめきを感じたことは一度もなかった。

俊に問題があるわけではない。

相手が誰であっても同じだ。

ハリウッドスターであろうと世界有数の大富豪であろうと、華が相手を男として見ることはない。

華が心を惹かれるのは、自分を高みに至らせ見渡す景色を変えてくれる相手の地位と財力――ほしいのは思いやりや優しさではなく金と権力だ。

「あのさ、食事を頼む前に渡したいものがあるんだ」

俊が緊張した面持ちで切り出した。

「なにかしら?」

「これ」

俊がピンクのジュエリーケースをテーブルに置いた。

「なに?」

華はきょとんとした表情を作ってみせた。

「開けて」

俊に促され、華はジュエリーケースを手に取り開けた。

ピンクの煌めきが、華の瞳を占領した。

「これって……」

唇から演技ではない震え声が零れ出た。

「アーガイル産のファンシーピンクだから、より透明感があるダイヤだよ。君はピンクが好きだからさ」

俊が微笑みながら言った。

プラチナリングに嵌(はま)るピンクダイヤは、〇・五カラットはありそうだった。

ピンクダイヤはブラウン、イエロー系の数パーセントほどしか採掘できない希少価値のある石だ。

このカラットとクラリティなら相当な値段のはずだ。

一千万や二千万では利かない金額なのは間違いない。

初めて、俊にたいして心が震えた。

正確に言えば俊にたいしてではなく、自分にたいしての評価の高さに感激した。

交際が始まり僅か三ヵ月で数千万の婚約指輪を贈られたという事実は、俊の誓いの言葉や誉め言葉とは比べ物にならないほどの価値があった。

「華さん、南条の姓になって僕と添い遂げてほしい」

俊が真摯な色を湛えた瞳で華をみつめた。

「俊さん……」

華の眼に涙が滲んだ。

嘘泣きではなく、本当の涙だ。

ついに、セレブライフのスタートラインに立った。

これまで自分を見下し、嘲笑し、侮ってきたすべての者を平伏させる武器を間もなく手に入れることができる。

「日南ホテルリゾート」の御曹司の妻という武器を。

ただ、その武器を手に入れる前に大きな山を越える必要があった。

俊を騙した罪を告白し、許しを請わなければならない。

性的虐待を受けていた親と縁を切った過去を、怖くて話せなかったという嘘で。

しかし、時期尚早だ。

あと三ヵ月——もっと俊を虜にしてからの話だ。

「ありがとう……。とても嬉しいわ」

「じゃあ……」

「でも、少し考える時間がほしいの」

華は勝負に出た。

「えっ！　僕と結婚するのが嫌なの？」

俊が不安そうな顔で訊ねてきた。

「ううん、そうじゃないわ。俊さんのことは大好きだし、すぐにでもあなたの奥さんになりたい」

「だったら、なぜ⁉」

　俊が身を乗り出した。

　そう、その調子。もっと、前のめりになるといい。

　恋愛も仕事も駆け引きが重要だ。

　焦らせば焦らすほどに、俊は華を手に入れたくなる。

「私には秘密があるの。その秘密を打ち明ける勇気がなかったから、俊さんに嘘を吐いてしまったわ」

「え？　秘密？　嘘？　なになに、教えてよ」

　俊がさらに身を乗り出した。

　伏線――俊がなにを聞いても、嘘を吐かれたことより告白して貰えたことに喜びを感じる日まで待てば完璧だ。

「それができたら……最初からあなたに……隠し事もしないし嘘も吐いてないわ」

　華は伏し目がちに、途切れ途切れの声で言った。

「なにを聞いても僕は驚かないし、君にたいする気持ちは変わらない。だから、その秘密と嘘というものを教えてくれないか？」

俊が懇願の色が宿る瞳で華をみつめた。

「ありがとう。でも、心の整理をする時間がほしいの。そんなに長く待たせる気はないから、私のわがままを聞いて頂けるかしら」

華も懇願の色が宿る瞳で俊をみつめ返した。

「ウチの両親も、君に会いたがっている」

「ごめんなさい。いまの私には、お義父様とお義母様にお会いできる資格はないわ。まずは、あなたにすべてを打ち明けて、あなたが私を受け入れてくれてからにしたいの」

「馬鹿なことを言わないでくれ。どんなことを打ち明けられても、君を受け入れるに決まっているじゃないか」

俊が、きっぱりと言い切った。

華は心の中で、歓喜の声を上げた。

この一言がほしかった。

あとは、釣り上げるタイミングを待つだけだ。

「ありがとう。そう言って貰えて嬉しいわ。少しでも早く、あなたに言えるようにするから」

大魚の喉奥深くに、釣り針が食い込むのを――。

4

「凄く立派な部屋だな。玄関だけで、私が住んでいるアパートの一部屋はありそうだよ」

橋本が驚いた顔で視線を巡らせながら言った。

本番でボロが出ないように橋本は、俊がいないときにも父親としての口調で華に接していた。

「大袈裟ね。そこまでじゃないわよ。とりあえず座って」

華は白革の一人掛けのソファを橋本に勧めた。

ソファはカッシーナで、一脚で百万円以上する。

「しかし、お前の婚約者はたいしたものだな。交際して数ヵ月の彼女に、こんなに高級なマンションを与えるなんて」

「与えて貰ってないわ。賃貸だから。ビールでいい？」

華は缶ビールを手にソファに腰を下ろした。

謙遜ではなく本音だった。

たかだか家賃四十五万のマンションで満足するほど、華は人間が謙虚にはできていない。

「ありがとう。ところで、南条君のご両親とはいつ会うんですか？」

　缶ビールのプルタブを引きながら、橋本が訊ねてきた。

「ちょっと」

　華は橋本を睨みつけた。

「え？」

　橋本が困惑した顔になった。

「言葉遣いが敬語になってるわよ」

「あ、悪い悪い。つい、気が緩んでしまって」

「しっかりしてよね。お父さんがそんな感じじゃ、俊さんのご両親に会わせられないわよ。実は先週、俊さんから正式にプロポーズされたの」

　華は蓋を開けたジュエリーケースをテーブルに置いた。

「おお、よかったじゃないか。それにしても、ちっちゃなダイヤだな。南条君なら、もっと大粒のダイヤも用意できただろうに」

「わかってないわね。これは希少価値のあるピンクダイヤだから、これくらいのカラットで三千万以上はするのよ」

「三千万⁉」

橋本の大声がリビングルームに響き渡った。

「近いうちに、俊さんの実家にお父さんと行くことになるわ」

「母さんは？」

橋本が、母親役の真知子のことを気にした。

真知子は橋本ほど役が身体に入っておらず、母は体調を崩している、という理由をつけてまだ会わせていなかった。

せっかく順調に事が運んでいるのに、真知子がミスしたら元も子もなくなってしまう。

思いのほかシナリオが早く進んでいるので、ここまできたら「母」を会わせずに俊に告白するほうが賢明だった。

「もう、お父さん一本で行くわ」

華は決意を込めて言った。

「俺一本ですか⁉」

橋本が素頓狂な声を出した。

「ほら！　また敬語になってるわよっ」

華は厳しい口調で指摘した。

「すまん、すまん。今日は調子が悪いな」

橋本が白髪交じりの長髪を掻き毟りながら詫びた。

「調子が悪いじゃ済まないわよっ。これからが大事なときなのに、俊さんにバレてしまったらどうするつもり⁉」

思わず華は、強い口調で詰め寄った。

「報酬を増やしてくれれば、間違えることはないのにな」

橋本が呟いた。

「なんですって⁉　それは、どういう意味よ⁉　十分な額を払ってるでしょう⁉」

華は血相を変えて言った。

橋本には平均して月に三十万は払っていた。

俊の会社で給料を貰っているから支払えているようなものの、これ以上は無理だった。

「わかってるが、なにかと物入りでね。別れた女房が息子の入院費を払ってくれと言ってきてね。なんでも、自転車に乗っててこけたらしくてな」

橋本がバツが悪そうに言った。

「それはお気の毒だけど、あなたの報酬を上げる理由にはならないわ」

華はにべもなく言った。

最初が肝心だ。

ここで甘い顔を見せると、橋本をつけ上がらせてしまう。

「私一本で行くなら、母親役のぶんも含めて倍の金額を払ってもいいくらいだろう？」

橋本は諦めるどころか、執拗に報酬アップを求めてきた。

「たしかにあなたは優秀だけど、勘違いしないほうがいいわ。あなたをクビにすることもできるのよ」

華は微塵の動揺も見せずに言った。

「わかりました。そういうことなら、もう私の口調に戻ってもいいですね。でも、いま、花柳鳳がいなくなったら困りませんか？」

橋本が自信満々の口調で言った。

橋本は、自分がいなくなればシナリオが成り立たないことを知っているのだ。

「困らないと言えば嘘になるけど、それを弱みにお金を要求され続けるほうが困るわ。今回条件を呑んだら、あなたの要求がエスカレートし続けるのは目に見えているから。だから、あなたが考えを改めないかぎり今日でクビよ。俊さんには、父は病に倒れたと言えば済む話よ。ベストセラー作家としての社会的影響を考えて公（おおやけ）にはできないと理由をつければ、俊さんも納得してくれるわ。そうやって時間を稼いで、二人の絆を深めてからタイミングを見て打ち明けるつもりよ」

「今日のやり取りを俺の口から俊君に打ち明けたら、状況は変わるんじゃないですか？」

橋本が不敵な笑みを浮かべながら、スマートフォンを掲げた。

「あなた、まさか――」

華の脳内が白く染まった。

「いまのやり取りは、すべて録音しています。これを聞いても、俊君は佐伯さんと結婚しますかね？」

橋本が挑戦的な口調で言った。

「あなたって人は……恩を仇で返すつもり？」

華は怒りに震える声で訊ねた。

「そんなつもりはありません。ただ、働きに見合った報酬がほしいと言っただけですよ」

橋本はふてぶてしく言うと、片側の口角を吊り上げた。

迂闊(うかつ)だった。

まさか橋本が、こんな男だとは思わなかった。

「会社に言うわよ」

華は内心の動揺を悟られないように平静を装い言った。

「どうぞ、ご自由に。たかが登録制の派遣会社をクビになっても、痛くもかゆくもありません。でも、佐伯さんは俊君の婚約者をクビになったら困るでしょう？　駆け引きを続けるというのなら時間の無駄だから、これから俊君のところに――」

「いまの倍出すわ。それが限界よ」

華は橋本を遮った。

月々六十万は、俊の会社から貰っている給料だけでは用意できない金額だ。

差額は、貯金を切り崩すしかない。

三ヵ月の辛抱――華が俊に打ち明ければ、橋本が暴露しても無駄だ。

九十万の出費は痛いが、数億、いや、場合によっては数十億の金を動かせる権利を得るためなら安いものだ。

害虫駆除の代金だと思えばいい。

「佐伯さん、物事にもタイミングってものがあるんですよ。さっき俺が提案したときに気持ちよく受け入れてくれたなら喜んで手を打ちましたよ。でも、もう遅いですね。あなたとの信頼関係は崩れた。俺は佐伯さんの父親役を降ろさせて貰います」

橋本の想定外の言葉に、華は驚いた。

だが、ショックとは違う。

むしろ安堵していた。

橋本が信用ならない人間だと判明した以上、縁を切ったほうがいい。

どっちみち俊には、父は病に臥せっている、と言うつもりだったのだ。

橋本との契約が切れれば、時間を稼いで俊に打ち明けるまでにバラされる心配はなくなる。

「私はいいけど、途中で契約を破棄すればお金が入らなくなるわよ」

「いいえ、ちゃんと貰いますよ」

「まあ、それはあなたと会社の話だから――」

「退職金は三千万でいいですよ」

華を遮り、橋本が言った。

「は？　退職金？　三千万？　そんな大金は払えないし、たとえ払えたとしても私があなたに支払う義務はないわ」

「その指輪を売れば三千万にはなるでしょう？　支払う義務はなくても理由はあるはずです。結婚話が壊れたら困りますよね？」

橋本の加虐的な笑みに、華の肌が粟立った。

「まさか最初から……」

華は二の句が継げなかった。

「それはちょっと違いますよ。最初は会社に言われた通りに、佐伯さんの父親役を受けただけです。報酬もよかったですしね。でも、セレブの階段を上る佐伯さんを見ているうちに俺にも欲が出ましてね。偽の娘が金持ちになるなら、偽の父親も大金を手にしてもいいんじゃないかってね」

橋本がすきっ歯を剝き出しに笑った。

実の父親がろくでなしなら、偽の父親も負けず劣らずのろくでなしだ。

「仮に指輪を売ったとしても、二千万にも届かないわ。あなた、これは立派な恐喝よ？　警察沙汰にはなりたくないでしょう？　おとなしく消えてくれたら、いままでの功績に免じて百万くらいなら払ってあげてもいいわ」

華はイニシアチブを取り戻すとでもいうように、上から目線で言った。

「警察沙汰にしたいならご自由に。俺が恐喝ならあなたは詐欺罪ですよ」

橋本は動転するどころか、余裕綽々（よゆうしゃくしゃく）の表情で言った。

「それを言うなら、あなたも共犯者よ。恐喝罪に詐欺罪。私と、どっちの罪が重いかしら」

華はまったく動じていないふうを装い微笑んだ。

本当は、心臓が口から飛び出してしまいそうだった。

「佐伯さんと違って、僕があなたを恐喝したという証拠はないですから。なんなら、どっちの罪が重いか試してみますか？」

橋本が挑戦的な眼で華を見据えた。

五秒、十秒、十五秒——華は視線を逸らさなかった。

逸らした瞬間に、華の負けとなる。

「お互いに傷つけ合ってもいいことないでしょう。百万でも払うって言っているうちに受け取ったほうがいいと思うけど？　わかった。特別に、百五十万を払うわ」

あくまでも上からの物言いで、華は橋本に妥協案を提示した。

「俺は傷ついてもいいから、三千万を要求します。警察に通報されても構いません。さあ、どうします？」

橋本が話を引き戻した。

ブラフとは思えなかった。

華が拒否すれば、橋本は躊躇なく俊に暴露するだろう。

これ以上橋本を刺激するのは得策ではない。

「負けたわ。あなたの要求を呑むわ。でも、三千万は無理。貯金以外に借金をしても三百万が限界よ」

嘘ではなかった。

俊の会社で働き始めたといっても、まだ三ヵ月かそこらだ。

貯金も百五十万とちょっとだ。

　ゆきがいくら貸してくれるかにもよるが、場合によっては消費者金融で借りることになるかもしれない。

「三百万？　話になりませんね。俊君に頼めば三千万くらいなんとかなるでしょう？」

　橋本が取り付く島もなく言った。

「馬鹿を言わないで！　結婚後ならまだしも、いまはそんな大金を頼めるわけないじゃない！」

「頼めなくても頼むしかないですよ。一週間待ちます。きっかり一週間後の午前零時までに三千万用意できなければ、俊君にこの音声を聞かせてすべてを打ち明けます」

「一週間……」

　血の気が引いた。

　一週間で三千万なんて用意できるわけがない。

　いままでの嘘を告白するにしても、一週間は早過ぎる。

「ということで、頼みましたよ」

　一方的に言い残し、橋本はソファから立ち上がり玄関に向かった。

「あ、そうそう。もし、誰かに相談したりおかしな動きがあったら、一分以内に俊君に電話しますから」

立ち止まった橋本が振り返って釘を刺し、ふたたび足を踏み出した。

華は絶句して橋本の背中を見送ることしかできなかった。

5

ディスプレイされたバッグは安くても二十万円以上で、クロコダイルの材質になると四百万を超えるものがあった。

ショーケースに並ぶピアスも十数万円はあたりまえで、ダイヤモンドをちりばめたものは高級外車の最上級クラスの値段に匹敵した。

「どれでも、気に入ったものがあれば買ってあげるから」

隣に立つ俊が、にこやかな笑顔で言った。

「でも、もうたくさん買って貰っているし十分よ」

華は店内のソファに置かれた紙袋に視線をやった。

表参道ヒルズのほかの店で、俊が十五万円の靴を二足買ってくれた。

いま着ているワンピースとピアスも二週間くらい前に六本木のミッドタウンのブランドシ

ヨップで買って貰った物で、合わせて百万円近くした。

ついこないだは、推定三千万以上のピンクダイヤの婚約指輪もプレゼントされていた。

「あ、それは靴だろう？　靴に合わせて洋服やバッグを揃えなきゃ」

数百万円の買い物になるだろうことを、俊はまるでスーパーで食材を買うようなノリで言った。

靴に合わせて洋服やバッグを揃える生活――夢のようだった。

ずっと憧れ続けてきたプリンセスライフは夢ではなく現実だ。

――今日のやり取りを俺の口から俊君に打ち明けたら、状況は変わるんじゃないですか？

――いまのやり取りは、すべて録音しています。これを聞いても、俊君は佐伯さんと結婚しますかね？

不意に、スマートフォンを掲げて薄笑いを浮かべる橋本の顔が脳裏に蘇った。

夢を摑みかけているからこそ、夢のまま終わる恐怖が大きかった。

切られた期限はあと六日、どう逆立ちしても三千万円を集めるのは不可能だ。

とはいえ、重ねた嘘を打ち明けるには機が熟していない。

どうすればいい？

こうしている間にも、無情にも時は進んでいるのだ。

「どうしたの？　浮かない顔して。気分でも悪い？」

俊が心配そうな顔で訊ねてきた。

「え？　あ、ううん。ごめんなさい。ちょっと、考え事をしてたの」

華は慌てて取り繕った。

「なにか心配事があるなら、僕に言ってね。君のためなら、犯罪以外はなんだってするから」

俊の真摯な態度は、華が純粋な婚約者なら夢心地のはずだった。

しかし、詐欺師の婚約者としては俊が誠実であればあるほどに苦しくなる。

このまま黙っていても、時間が過ぎるばかりだ。

三千万が用意できないのであれば、玉砕覚悟で嘘をついていたことを告白するしかない。

どの道、六日後には橋本に暴露されてしまうのだ。

それならば、虐待過去のシナリオ通りに華のほうから打ち明けたほうが許して貰える可能性はあった。

「俊さん、お話ししなければならないことが――」

「俊じゃない！」

華の言葉を、女性の声が遮った。

華は振り返った。

フロアの奥から、エルメスのベージュのスーツに身を包んだマダムといった感じの女性が二人の店員を引き連れ歩み寄ってきた。

腕にかけているシルバーのクロコダイルのバッグは、エルメスのバーキン25ヒマラヤシリーズだ。

高価なバーキンの中でもヒマラヤシリーズの値段は群を抜いており、女性タイプは三千万円前後の超高級品だ。

「母さん。どうしたの、こんなところで?」

俊の言葉に、華の思考が一瞬フリーズした。

「私は買い物よ。あなたこそ、なにしてるの?」

俊の母が華に視線をやりながら訊ねた。

「紹介するよ。彼女が前から話している佐伯華さんだよ」

心構えができていないうちに、俊が華を紹介した。

「まあ、いまお付き合いしていると言っていた秘書の方ね?」

俊の母は華に笑顔で訊ねてきたが、瞳は笑っていなかった。

「はじめまして!　ご挨拶が遅れました。私、俊さんとお付き合いさせて頂いてます佐伯華と申します！」

華は溌溂とした声と弾ける笑顔で言うと、ペコリと頭を下げた。

おしとやかさよりも、快活な女性を演じた。

父親は娘が連れてくる恋人のことはどんなタイプでも嫌う。

息子の恋人にたいして母親が抱く感情も同じだ。

中でも父親が一番嫌うのは娘を泣かせる男で、母親が一番嫌うのが息子をコントロールする女だ。

そして、父親が辛うじて許せるのは娘を幸せにする男で、母親が辛うじて許せるのは馬鹿な女だ。

馬鹿な女なら息子を洗脳する心配もなく、自分が優位に立てる——嫁を手懐け、主導権を渡さずにいられる。

だから華は、元気が取り柄の単純な女を演じることにした。

「俊の母です。お茶でもしながら話しましょう。いいでしょう？」

俊の母が華から俊に視線を移した。

「ああ、父さんに紹介する前に母さんに会って貰いたいと思っていたところなんだ。華さん、いいだろう？」

「ええ、もちろん、喜んで！」

間を置かず、華は満面に笑みを湛えて言った。

無邪気に、単純に――。

内心、華は動揺していた。

そして、俊を恨んだ。

この状況で訊ねられて、嫌と言えるはずがない。

困ったことになった。

こんなに早く会うはずではなかったので、対応策を考えていなかった。

とにもかくにも、ボロが出ることだけは避けなければならない。

「いままで、ＶＩＰ専用のサロンでお茶をしてたの。そこを使わせて貰いましょう。いいかしら？」

俊の母が女性スタッフに同意を求めた。

「もちろんでございます。こちらへどうぞ」

女性スタッフが恭しく俊の母をフロアの奥へと促した。

「さあ、僕らも行こう」

俊にエスコートされ、華は地獄へと続く道を歩いた。

☆

ベロアのカーテンの向こう側のサロン——ロココ調のシャンパンシルバーの三人掛けのソファには俊と華が座り、大理石のテーブルを挟んだ正面に並ぶ一人掛けのソファに俊の母が座っていた。

「そう言えば、華さんのお父様は有名な作家さんですって？」

開口一番の俊の母の言葉に、華の心拍は跳ね上がった。

「お義母様にお話ししたの？」

華は平静を装い、俊に訊ねた。

「うん、花柳鳳先生の娘さんと付き合っていることを、どうしても我慢できなくて」

俊が悪びれたふうもなく言った。

華は屈託なく笑った。

内心、腸が煮え繰り返る思いだった。

俊の両親に挨拶するまで父親が花柳鳳だと伏せておいてほしいと頼んでいた。

両親が知ってしまったら、俊に嘘を打ち明けて許して貰ったとしても問題が解決しないからだ。

怒りの感情のあとに焦燥感が華を支配した。

幼少時代から父に受けていた虐待話で俊の情に訴えることはできても、彼の両親はそうはいかない。

上級国民の両親が、大事な息子を欺いた質の悪い女との結婚を認めるはずがない。

「あら、お父様の件を俊から聞いたのはまずかったのかしら？」

俊の母が、アールグレイのティーカップを運ぶ手を宙で止めた。

「いいえ、とんでもないです！　ただ、父が偏屈な人間なのでなんとなく口に出しづらかっただけです！」

華は狼狽を押し隠し、破顔してみせた。

「まあ、偏屈だなんて……。私は小説を読まないから作家さんのことは詳しくないけれど、お父様は国民的ベストセラー作家の立派な方でしょう」

俊の母の言葉が華の不安感に拍車をかけた。

「ありがとうございます。でも、作家としては立派かもしれませんが、父としては世捨て人の変人ですから」

華は保険をかけた。

俊の母が、お父様に会わせてくださる？　と言い出したときに断るための伏線だ。

「あ、そうそう。華さん、『育英社』って出版社をご存知？」

思い出したように、俊の母が訊ねてきた。

「はい。もちろんです」

華は即答した。

「育英社」は国内の出版社で三本指に入る大手だ。

とりあえず、橋本に会わせてほしいと言われなくてほっとした。

三千万を強請（ゆす）ってきている男を、俊の母に会わせられるわけがない。

「この前ね、同窓会に顔を出したときに仲がよかったクラスメイトと久しぶりに会ったんだけど、彼女の旦那さんが『育英社』の部長らしいのよ」

俊の母が弾む声で言った。

「そうなんですか。『育英社』は優良企業ですから、部長ともなるとかなり優秀な方ですね」

華は笑顔で言ったが、嫌な予感に苛（さいな）まれていた。

「そうなのよ。文芸部ではベストセラー製造機という異名があるらしいわ」

「お友達の旦那さんは文芸部なんですか⁉」

華は思わず確認した。

「ええ、そうなのよ。ベストセラー製造機と言われていたくらいだから、あなたのお父様も担当していたんじゃないかしら？」

俊の母の言葉に、華の顔から血の気が引いた。

「さあ、どうでしょう。父が『育英社』で書いているかどうかまではわかりません」

華は動揺が声に出ないように気をつけた。

「そうよね。それだけの売れっ子作家さんなら、多くの出版社で書いているでしょうし。華さんもどうぞ」

俊の母が華に紅茶を勧め、マイセンのティーカップを傾けた。

華も紅茶に口をつけた。

高価な茶葉なのだろうが、味を感じなかった。

「今度、父に訊いてみます」

華は平静を装い言った。

「その部長さんは島内さんというんだけど……。あ、そうだ。今度、島内さん、私、俊、華さん、華さんのお父様でお食事をしましょう！」

俊の母が手を叩き、声を弾ませた。

華は思わずティーカップを落としそうになった。

「いきなり主人と顔合わせだと少し仰々しくなるから、出版社の部長も交えてカジュアルな感じで私がお会いしておいたほうが今後のためにもいいと思うのよ」

つまり、先に品定めをしておきたいということか？

それにしても、困った展開になった。

「育英社」の部長ともなれば本物の花柳鳳と面識があるかもしれないし、なかったとしても人脈を辿れば本物と繋がっている知り合いがいるはずだ。

ここは俊にうまく断って貰うしかない。

「俊さんは、ウチの父に会っているから偏屈加減がわかるでしょう？『育英社』の部長さんに失礼なことを言わないかしら」

華は不安そうに俊に話を委ねた。

「大丈夫だよ。お義父様は偏屈じゃなくてシャイなだけさ。母さんが言うようにいきなり父さんを交えて堅苦しい雰囲気になるより、島内さんという方がいたほうがいいんじゃないかな。出版社の編集をやっていた人なら、お義父様に失礼なことは言わないと思うし。それに、知り合いだったら盛り上がるよ」

俊が呑気な口調で言った。

藪蛇（やぶへび）――余計にまずい展開になってしまった。

なんとかしなければ、一巻の終わりだ。

「よかったわ。華さん、お父様にご都合のいいスケジュールを訊いて貰えるかしら？　執筆でお忙しいでしょうから、私達がスケジュールを合わせるわ。お店はウチのホテルの系列を押さえて――」

「すみません！」

華は俊の母を遮るように大声で詫びながら頭を下げた。

「どうしたんだい？」

俊が不安そうに訊ねてきた。

「じつは、ウチの父、いま入院しているんです」

無意識のうちに口走っていた。

言ったそばから後悔した。

だが、もう後へは退けない。

「え⁉　お義父様が入院⁉」

俊が大声を張り上げた。

「まあ、なんのご病気？」

俊の母親が心配そうに訊ねてきた。

「胃癌です」

開き直った華は、もう少し先に話すはずだった嘘を口にした。

「えっ――」

俊が絶句した。

俊の母も驚きに眼を見開いていた。

「この前お会いしたときは、あんなにお元気だったのに……」

我に返った俊が、信じられないといったふうに呟いた。

「ある日突然に血を吐いて、病院で検査をしたら腫瘍が発見されたんです。それまで父に自覚症状はなくて」

華は微かに声を震わせてみせた。

「お義父様の病気のこと、どうして話してくれなかったんだい？」

「ごめんなさい。隠していたわけじゃないの。父から誰にも言わないように口止めされてて……。マスコミに病気のことが漏れるといろいろ嗅ぎ回られて素性がバレることを警戒してのことです。父は最後まで覆面作家で通すつもりで、自分が死んだら密葬にしてほしいと以前から口にしてます」

華は憔悴した表情で言った。

「まあ、物凄いプロ意識ね。お父様は花柳鳳という作家のイメージを守っていらっしゃるのね」

俊の母が、感心したように言った。

「お義父様のお見舞いに行くよ。病院はどこ？」

俊が心配そうな顔で訊ねてきた。

「俊、話を聞いてなかったの？　華さんのお父様は誰にも言わないでほしいと言ってらっしゃるのに、お見舞いに行けるわけないでしょう？」

俊の母が息子を窘めた。

「僕はお会いしたことあるのにだめなの？」

俊が哀しそうな顔を華に向けた。

「ごめんなさい。父の親戚にも報せるなと言われているの。抗癌剤治療をしながら癌を小さくして手術で取るみたいで、予後が順調なら三ヵ月くらいで退院できるそうだから、俊さんには真っ先に連絡するわ」

でたらめのオンパレードが口を衝く。

だが、付け焼刃のでたらめではない。

俊に嘘を打ち明けるまでの時間を稼ぐために温めてきたシナリオだ。

「三ヵ月か……。お義父様のご快復を祈るよ。君も看病とかいろいろ大変だろうから、しばらく仕事を休んでもいいよ。有給休暇扱いにしておくからさ」

俊が気遣いの言葉をかけてくれた。

彼の優しさにたいする感動より、これで三ヵ月は時間稼ぎができたという安堵感のほうが上回っていた。

「そうね。まだ正式に結婚が決まっているわけでもないから、お父様との顔合わせを急ぐ必要もないわね」

俊の母の言葉に棘を感じた。

華の危惧通り、俊の母は難敵だ。

嘘を俊が許してくれたとしても、この母親を説得するのは容易ではない。

だが、俊さえ味方につけることができれば最終的には目的を果たせる。

俊の両親にしても華が気に入らないからといって、息子の経歴に傷がつく離婚を勧めることはしないはずだ。

「母さん、僕は華さんと結婚すると決めているから」

俊がきっぱりと言った。

華は心の中でほくそ笑んだ。

「誰も結婚できないとは言ってないでしょう？　結婚となれば普通の交際と違ってあなただけの問題ではなくなるから、二人で突っ走らないでほしいと言っているだけよ。華さんはわかってくれるわよね？」

俊の母親が、微笑み交じりの圧力をかけてきた。

「はい！　もちろんです。私は結婚を急いではいません。むしろ、その前にやるべきことが多いと感じています。私は至らないところだらけなので、お義母様からいろいろと学ぶ期間がほしいです」

華は最高の作り笑顔で心にもない言葉を口にした。

「まあ、いい心がけね。それじゃあ、遠慮なくビシビシしごかせて貰いましょうか？」

本気とも冗談ともつかぬ口調で俊の母が言った。

「よろしくお願いします！」

華はペコリと頭を下げた。

俊に許して貰うまでの間の我慢――結婚するまでの我慢。

女性として朽ち果ててゆくあなたから学ぶことなどなにもない。

華は頭を下げたまま心で毒づいた。

6

「お金を貸してほしい⁉」

ゆきの素頓狂な声が室内に響き渡った。

「お願いできる？」

ソファに座った華はクッションを胸に抱き、冷蔵庫から取り出したミネラルウォーターのペットボトルを手にしたまま立ち尽くすゆきを見上げた。

「『日南ホテルリゾート』の御曹司の婚約者がなにを言ってるのよ？　住んでるところだって、ここの何倍もする高級マンションだし。悪い冗談は言わないで」

ゆきが呆れたように言いながら、ペットボトルを華に手渡し隣に腰を下ろした。

「そんな冗談を言うために、日曜の朝からわざわざ押しかけないわよ。本当にお金が必要なの」

華はため息交じりに言った。

二日前に表参道ヒルズのブランドショップで俊の母と偶然に会ってしまい、父は癌で入院していると言ってしまった以上、余計に橋本と会わせられなくなってしまった。

華のシナリオでは父である花柳鳳が闘病生活を送っているという設定中に、俊に事実を打ち明けるつもりだった。

橋本に切られた期限まであと四日。

華の貯金が百五十万、いままで買って貰ったバッグやアクセサリーをブランド品専門の質屋に入れて八十万……。掻き集めた金額は二百三十万にしかならず、三千万には程遠かった。

「誰がそんな言葉を信じると思う？　自分の左手の薬指を見てみなさいよ」

ゆきが華のピンクダイヤに視線を落として言った。

最悪のときに備えて、華は婚約指輪を嵌めてきたのだ。

だが、指輪の質入れだけは避けたかった。

ピンクダイヤを質草にして三千万が揃うならば最終手段として考えるかもしれないが、橋本をクリアしてもその後が大変になる。

俊に指輪をなくしたとは言えないし、もちろん本当のことも言えない。

かといって質草を取り戻すだけの金もない。

質流れになってしまうのは目に見えている。

本末転倒――そんなことになったら、橋本の暴露は避けられても俊に別れを告げられてしまうだろう。

「その指輪、数百万はするんでしょう？」

ゆきがブランド品や宝飾品に興味がないことが助かった。

尤も、そうでなければゆきに会う前に外していた。

「婚約指輪を担保にするわけにはいかないわ。万が一したとしても数十万にしかならないでしょうし」

「それだけにしかならないの⁉」

驚きの声を上げるゆきに、華の良心が疼いた。

本当は数百万ではなく数千万だと知ったら、どんな顔をするだろうか？

両親よりも俊よりも、ゆきに嘘を吐くのが一番つらかった。

「質屋なんてそんなものよ。安く買い叩いて高く売るんだから。ねえ、それよりさ、本当に困っているの。いくらなら貸して貰える？」

「百万くらいなら貯金を崩せばなんとかなるけど……。どうして必要なのか教えてよ。なにか、まずいことに巻き込まれているの？　誰かに恐喝されているとか？」

ゆきの当てずっぽうの推理が、華の心拍を撥ね上げた。

「恐喝なんて、されてるわけないでしょう。いまは理由を言えないけど、そのうちちゃんと話すから。お願い」

華は顔の前で手を合わせ、願いを込めた瞳でゆきをみつめた。

ゆきには、橋本から脅されていることは黙っておきたかった。

華が困るからではなく、ゆきを薄汚い人間関係に巻き込みたくなかったのだ。

ゆきは聖域――華の心に残る僅かな良心だ。

「偽父を演じている舞台役者から、脅されてるんじゃないでしょうね？」

図星――華は動揺が顔に出ないように気をつけた。

「わかった。もういいわ。ごめんね。お金のことは忘れて」

華は努めて明るく言った。

これ以上、ゆきには嘘を重ねたくなかった。

「華っ、私の眼を見て！　舞台役者から脅されてるの？」

ゆきが華の両肩を摑み、瞳を見据えながら訊ねた。

五秒、十秒、二十秒――二人は無言でみつめ合った。

三十秒が過ぎた頃に、華は眼を逸らした。

「どうしてわかったの？」

眼を逸らしたまま、華は訊ねた。

「やっぱり……。そりゃあ、わかるわよ。学生時代から姉妹みたいに一緒にいたんだから。それに、資産家の婚約者ができて社長秘書としていい給料を貰ってるあなたが、借金を申し込むなんておかしいでしょう？　しかも俊さんじゃなくて安月給のＯＬの私に。どう考えても不自然よ。でも、あなたの高給でも足りなくて俊さんにも相談できないお金が必要な状況って考えれば、ホストに嵌るか誰かに脅されてるかくらいなものよ。あなたはホストに嵌るタイプじゃない。残るは恐喝。前にも言ったでしょう？　人間はいつ豹変するかわからないから、その舞台役者には気をつけなさいって」

ゆきが厳しい口調で言った。

「ごめん。あなたのアドバイスを聞いておけばよかったわ」

話をゆきに合わせただけでなく、心からの言葉だった。

「お金を出さなきゃ偽の父親を演じたことを、俊さんにバラすとでも言われたの？」

ゆきの質問に、華は力なく頷いた。

「――で、いくら要求されているのよ」

ゆきがため息を吐きながら質問を重ねてきた。

華は指を三本立てた。

「三百万⁉」

ゆきが素頓狂な声を上げた。

「違う。一つゼロが多いわ」

「まさか――」

ゆきの顔が強張った。

「そう三千万」

すかさず華が言うと、ゆきが絶句した。

思い出したように、ゆきがスマートフォンを手に取った。

「その男の住所は？　警察に通報するから」

「やめてよ！」

華はゆきのスマートフォンを取り上げた。

「なんでよ⁉　三千万を要求するなんて、立派な恐喝じゃない！」

「彼が警察に捕まったら私の嘘も俊さんにバレてしまうから、結婚が破談になるわ！」

華のヒステリックな声に、ゆきがあんぐりと口を開けた。

「華！　なにを言ってるの⁉　俊さんにすべてを話すべきよ！　俊さんは、きっとわかってくれるから！　破談になることを恐れて犯罪者の言いなりになっても、そういう奴は味を占めてまたお金を無心してくるわよ！」

ゆきが懸命に訴えた。

「わかってるわよ。俊さんには打ち明けるつもりよ。でも、それはいまじゃない。もっと絆を深めてからじゃないと別れを告げられてしまうから」

「だったら別れればいいでしょ！　俊さんが運命の人なら、いま打ち明けても許してくれるわよ！」

スマートフォンを取り戻そうとするゆきの手を躱し、華は立ち上がった。

「運命の人なんて求めてないわ！　私は、俊さんと別れるわけにはいかないの！」

華の言葉に、ゆきが哀しそうな顔で見上げた。

「ごめん。もういいわ。警察には電話しないでね」

華はゆきにスマートフォンを返すと、玄関に向かった。

「待って」

華は足を止め振り返った。

「私も行くから。あなたも銀行のＡＴＭに付き合って」

ゆきは厳しい表情で言いながら立ち上がり、華の脇を擦り抜けた。

7

「あの、お客様の内容なら銀行のほうがいいんじゃないでしょうか？　消費者金融は利息が高いですし、無担保なら五十万円が融資の上限ですし。これだけの肩書を持つ婚約者がいて、婚約者の会社で秘書をやっているという文句のつけようのない内容ですから、銀行なら無担保でもウチの何倍かの融資が受けられると思いますよ」

ツーブロック七三分けの男性の融資担当者が、デスクトップのパソコンのディスプレイを見ながら怪訝そうに言った。

最初は一般の申し込み客とともにカウンターに座っていたが、華のデータを見た途端に融資担当者から応接室に通された。

応接室といってもパーティションで区切られた五坪ほどのスペースに、ソファとテーブルがあるだけの簡素な空間だった。

だが、人目につかないだけ精神的に助かった。

「わかっています。でも、銀行だと彼にバレてしまいますので」

華は躊躇わずに言った。

体裁を気にしている時間的余裕はない。

橋本との約束の期限は明後日に迫っていた。

銀行と違い消費者金融は華の仕事先に在籍確認の電話が入るが、友人や知人に成り済ましてかけてくれるので借金がバレることはない。

背に腹は替えられない状況に追い詰められていた。

先日ゆきは、玉の輿に乗るために脅迫者に三千万の口止め料を支払う選択をした華に不満を抱きながらも百万円を貸してくれた。

それを合わせても三百三十万しか集まっておらず、三千万には程遠かった。

「なにかご事情があるようですね。多重債務者なら使途を確認しますが、佐伯様の場合他社での借り入れもないので訊きません。佐伯様が本気で消費者金融の融資を受けようとお考えなら、私のほうから提案があります」

「提案?」

「はい。佐伯様はおいくら必要ですか?」

融資担当者が訊ねてきた。

必要な額は二千七百万だが、言えるわけがなかった。

「可能な限り必要です」

「わかりました。先ほども申しましたように、消費者金融での信用貸しの限度額は五十万円です。ですが、ウチの系列に振り分ければ最大二十社で融資可能、つまり一千万円を佐伯様に融資できます」

「一千万――」

思わず華は繰り返していた。

「はい。データ上は二十社で借りたことになりますが、融資手続きはこちらで一本化しますのでお時間を取らせることはありません。どうなさいますか？」

「お願いします」

微塵の迷いもなく華は頭を下げた。

二千七百万には届かないが、一千万が借りられればなんとか橋本を説得できるかもしれない。

「ただし、支払いが一日でも遅れたら婚約者の会社や婚約者のお父様の会社、『日南ホテルリゾート』に取り立てに伺うことになります」

融資担当者が淡々とした口調で言った。

「えっ！　一日遅れただけでですか⁉」

華は素頓狂な声を上げた。

「ええ。本来ならいくら佐伯様の条件がよくても消費者金融で一千万は借りられません。一社、二社と回っているうちに借り入れデータが各社に回って融資額が下がってしまいます。恐らく五社目くらいから三十万になり、十一社目からは十万、十五社目からは債務オーバーで断られるでしょう。二十社回って四百五十万がいいとこです。私が窓口になることで倍以上の融資が可能になる反面、債務不履行のときは本社から全責任を取らされてしまいます。リスクの高い特別融資なので、取り立てが厳しくなることはご理解ください。それが怖いなら、系列店のリストを渡しますからウチで五十万だけ借りて、ほかの十九社を順番に回るしかないですね。どうしますか？　私はどちらでもいいですよ」

融資担当者が突き放すように言った。

考えるまでもなかった。

二十社回って半分しか借りられなくても、返済できないときに取り立て屋に追われるのは同じだ。

「こちらで一千万お願いします」

華は融資担当者に頭を下げた。

「もう一度言いますが一日でも遅れたら――」

「大丈夫です。遅れませんから」

華は融資担当者を遮り言った。

取り立てを恐れる前にここで一千万を借りて橋本をおとなしくさせないと、南条家の一員にはなれないのだ。

「わかりました。では、いま、契約書を持ってきますから」

席を立ち応接室を出る融資担当者の背中を視線で追いながら、華は思った。

もう後戻りはできないと——。

8

「用事が済んだらすぐに帰るので、お気遣いなく」

リビングルームに入るなり橋本は、一方的に言うと勝手にソファに座った。

言葉遣いに反比例するように、橋本の態度はどんどん横柄になってゆく。

「誰もお茶を出すとは言ってないわよ」

華は吐き捨てるように言いながら、橋本の正面に座った。

約束の午後三時きっかりに橋本は現れた。

「今日の零時ギリギリにもつれ込む覚悟をしていましたよ。思っていたより早かったですね。

さすがは財閥の御曹司の婚約者です。きっちり三千万を揃えるなんて――」

「これが限界よ」

華は橋本を遮り、テーブルに書類封筒を置いた。

怪訝な顔で橋本は書類封筒を手に取り、中身を覗いた。

「俺は三千万という大金を生で見たことはありませんが、少なく見えるのは気のせいでしょうかね？」

橋本が書類封筒から華に視線を移した。

「一千五百万。ブランドバッグや宝飾品を質屋に入れて、貯金と友人と消費者金融二十社から借り集めたお金よ。それ以上は無理だわ」

「サラ金を二十社⁉」

橋本が素頓狂な声を上げた。

「ええ、そうよ。限度額オーバーでもうどこも貸してくれるところはないわ」

「それはご苦労様でした」

橋本が人を食ったような態度で頭を下げた。

「これで終わりよ。私の前からさっさと消えてちょうだい」

「まだ終わってませんよ」

腰を上げようとした華は、橋本の言葉に動きを止めた。

「これ以上はもう、どこからも借りられないと言ったでしょ⁉　最初に言っておくけど、俊さんにお金の無心なんてできないわよっ」

華はいら立った口調で釘を刺した。

「俺だってそれくらい承知してます。その指輪を俺に預けてくれたら、期限を一週間延ばしてあげます」

橋本が華の左手の薬指に嵌る、ピンクダイヤに視線を落としながら言った。

「は⁉　ふざけないで！　これは婚約指輪なのよ⁉　嵌めてないことに気づかれたらどうするのよ！」

華は血相を変えて言った。

「佐伯さんが残金の一千五百万を用意できた時点でお返ししますからご安心を。一週間くらいなら、なんとか理由をつけてごまかせるでしょう」

「まだ私に、一千五百万を用意しろって言うの⁉」

「約束は三千万で、佐伯さんが用意してきたのは一千五百万ですから」

橋本が涼しい顔で言った。

「払う必要のない一千五百万もの大金を払ってあげたんだから、満足しなさいよ！」

「俺は値引き交渉に応じるつもりはありません。約束は守って貰います。それに、期限を一週間延ばすのも指輪を俺に預けた場合です。指輪を預けたくないなら、午前零時までに残りの一千五百万を持ってきてください。両方できないなら、午前零時を過ぎた時点で俊さんに電話することになります」

「なっ――」

華は絶句した。

三千万を吹っかけてはいても、一千五百万の現金を見れば満足すると思っていた。

数ヵ月後にふたたび無心してくることはあっても、今日は乗り切れると思っていた。

次に橋本が金を要求してくる頃には、華は俊に嘘を打ち明けている。

華を許した俊に橋本がなにを告げ口しても後の祭りだ。

読みが甘かった。

橋本は華が思っている以上に強欲な男だった。

「指輪を預けて期限を一週間延ばすことをお勧めしますよ。その間に一千五百万を払ってくれれば、なんの心配もなくセレブファミリーの仲間入りができますし」

橋本が微笑んだ――悪魔が微笑んだ。

華は眼を閉じ、抜け道を模索した。

派遣先に橋本の悪事を告げる。警察に通報する。

どちらを選択しても橋本は罰せられるだろうが、俊にバレてしまう。

わかっていた。

華に残されているのは、悪魔との取引に応じる選択肢しかないことを……。

華は眼を開け、ゆっくりと外した指輪を橋本の前に置いた。

「賢明な判断だと――」

指輪に伸ばした橋本の手を、華は摑んだ。

「預ける前に、指輪をなくしたり傷つけたりしたら弁償するって念書を書いて貰うわ」

華は橋本を睨みつけた。

「わかりました。でも、但し書きも加えますよ。期日までに一千五百万が揃わない場合、ダイヤを売って支払います、というあなたの一文も」

橋本が卑しい笑みを浮かべた。

華の胸奥で、なにかが動いた。

9

宝石のように煌めく夜景も色褪せて見えた。

舌が蕩(とろ)けるような上質なシャトーブリアンの味も感じなかった。

ホテルの最上階のミシュラン三ツ星レストラン、一人五万円を超えるコース料理、ディオールの八十万のドレス、顔がよく経済力がある婚約者とのデート――夢の生活が実現しているというのに、華の心は晴れなかった。

「お義父様の容態は大丈夫?」

俊がリシュブールのワイングラスを傾けようとした手を宙で止め、心配そうな顔で訊ねてきた。

「うん、いまのところ進行はしてないみたい。ごめんね、心配かけちゃって」

華は笑顔を作ってみせた。

本当に橋本が癌だったら、どんなによかったか。

一週間で一千五百万を搔き集めるのは、とても無理だ。

消費者金融からもゆきからも、もう借りることはできない。

支払えなければ婚約指輪を売られてしまうか、俊に華の嘘をバラされてしまう。

どちらの展開になっても、俊に別れを告げられるのは間違いない。

「なんか、元気ないね？　お義父様、本当はよくないの？」

俊の声で、華は我に返った。

「え？　ああ、ごめんなさい。ボーッとしちゃって。昨日、韓流ドラマに嵌って明け方まで観てたから」

華はでたらめを口にした。

「華さんが韓流ドラマを好きだったなんて、初めて知ったよ」

俊が微笑んだ。

「俊さんも観てみれば嵌るわよ」

華はワイングラスを傾け、微笑みを返した。

こうしている間にも、刻一刻と時間が過ぎてゆく。

せっかく摑みかけた夢が、夢のまま終わってしまう。

「じゃあ、お勧めのＤＶＤを教えて……。あれ、指輪は？」

俊が華の左手の薬指に視線を落として訊ねてきた。

ついに、気づかれてしまった。

「え？　あっいけない。顔を洗うときに洗面台に置いたまま忘れてきちゃった」

華は用意していたセリフを口にした。

「君にしては珍しいね。デートのときに指輪を忘れたことないのに」

俊が柔和に目尻を下げた。

「ごめんなさい、大事な指輪を……」

華は泣きそうな顔を作ってみせた。

「謝る必要なんてないよ。家にあるなら安心だし」

俊は言うとワインを飲み干し、空のグラスをスタッフに掲げた。

「ありがとう……」

次のデートのときにふたたび指輪がなかったら、俊も今夜のように穏やかな笑顔を向けてくれるだろうか？

最悪、三度目まではなんとかなるだろうがそれ以上は無理だ。

なんとしてでも、橋本から指輪を取り戻さなければならない。

しかし、一千五百万を工面できるあてはなかった。

「お義父様が全快したら婚前旅行しようか？　華が行きたがっていたスイスにする？」

俊の声が華を現実に連れ戻した。

「婚前旅行？」

華は鸚鵡返しした。

「うん。戻ってきたら籍を入れよう」

俊の言葉が、華の心を貫いた。

感動に胸が打ち震えた。

俊の愛情にたいしてではない。

いよいよ、上級国民の仲間入りができることに。

10

五回目の保留のメロディが上部スピーカーから流れてきた。

自宅マンションのダイニングキッチン――テーブルチェアに座る華は、祈るような思いでスマートフォンを耳に当てていた。

テーブルに置かれたＡ４用紙に印字された会社名は二十社を超えていた。

一番上から五社までは赤ペンで線が引かれていた。

『お待たせ致しました。申し訳ございませんが今回はご融資できません』

保留のメロディが途切れ、電話に出た女性スタッフが事務的に告げた。

「え⁉　理由はなんですか⁉」

『申し訳ございません。データ上融資不可能としかお答えできません』

「どうして私が融資不可能なんですか⁉　私の婚約者は『日南ホテルリゾート』の御曹司で、私も彼の会社で秘書をやっています。条件的にはいいはずなのに、どうしてだめなんですか⁉」

華は厳しい口調で女性スタッフを問い詰めた。

『たしかに条件はいいかもしれませんが、限度額オーバーです』

「限度額オーバーって、たった四百五十万じゃないですか⁉　私の婚約者は年商数百億の――」

『ご結婚なさってからならご希望に添えるかと思います。現時点では婚約者といえども他人ですから。では、失礼します』

女性スタッフは一方的に告げると電話を切った。

「あっもしもし⁉　もしもし⁉　なんなのよ！」

華は六社目の「秀和ファイナンス」に赤ペンで線を引き、七社目の「赤富士ローン」に電話した。

結果も理由も同じだった。

八社目から十五社目も融資を断られた。

『お客様、今日だけで何件の消費者金融に申し込みました？』

十六社目の「即決ローン」の男性スタッフが華に訊ねてきた。

「十五社ですけど」

『一日に多数の消費者金融に申し込めば訪問ブラックになります。もう、まともな金融会社には佐伯さんの申し込みデータが回っているのでどこも融資はしてくれませんよ』

「どうすればいいんですか？」

『二週間経てば申し込みデータが消えるので、それから申し込んだほうがいいですよ』

「二週間も待てません！　一週間以内に必要なんです！」

華は大声を張り上げた。

「ごめんなさい、興奮してつい」

『訪問ブラックでもすぐに貸してくれるところとなると、闇金融しかありませんよ』

男性スタッフがため息を吐きながら言った。

「闇金融って、あの映画とかでやってる十日で一割の高利貸しのことですか？」

『一割のところはまだ良心的で、二割、いや、三割のところもあります』

「三割⁉　嘘でしょう⁉　十万借りて十日後に三万円の利息を払うなんて、誰がそんな馬鹿な契約を結ぶんですか⁉」

『もちろん、普通の状態では借りません。佐伯さんのように多重債務者になってどこからも融資を受けられなくなった方が仕方なく利用するんです。訳ありでしょうが、お勧めしません。麻薬と闇金融を使ったら人間をやめなければなりませんからね。では』

華はツーツーツーという不通音の漏れるスマートフォンを握り締めたまま、眼を閉じた。

☆

区役所通りの雑居ビルの前で、華は足を止めた。

「歌舞伎町第一ビル」——指定されたビルだった。

華は薄暗くジメジメしたエントランスに足を踏み入れた。

エレベーターに乗り、三階で降りた。

「東亜金融」のプレイトのかかったスチールドアの前で立ち止まった華は深呼吸した。

——審査は通ったから。融資額については来店してからということで。いまから、これる？

消費者金融とは明らかに違う、態度の悪い男性の声が脳裏に蘇った。

怖かった。本来なら、絶対に借りようとは思わない。

――あんたは内容がいいから、特別に大口融資をしてもいい。どうする？

――いくらまで、貸してくれるんですか？

――まあ、条件次第だが最大一千万までは可能だ。

――一千万、本当ですか⁉　でも、お宅は利息が高いんですよね？　一千万も借りたら大変なことに――。

――大口は小口とは利息が違う。まだあんたに貸せると決まったわけじゃない。話の続きは来店してからだ。

「東亜金融」の男性スタッフとの会話が脳裏に蘇った。

口調からして、ヤクザのような男だった。

いや、ヤクザなのかもしれない。

小口の利息は十日で一割――十万円を借りて十日後に十一万円の返済になる。

一括で返せない場合は、元金据え置きのジャンプという利息だけの返済システムがあるらしい。

十日ごとに一割の利息を支払い続けるのだ。

「即決ローン」の男性スタッフの言うように、闇金融は十分の電話審査で融資の審査が通った。

しかも、特別利息の大口融資もあるという。

闇金融というからには、文字通り法を破った金融会社だ。

普段の華なら借りるどころか、電話さえしないだろう。

背に腹は替えられない――短い間に、この諺を何度も心で繰り返した。

危ない橋に違いはないが、いまを乗り越えるまでの辛抱だ。

橋本に残りの一千五百万を払って俊の籍に入れば、いまの何倍もの金が自由に使える。

三千万の借金くらい、すぐに完済できるはずだ。

最悪、足りないぶんはピンクダイヤを質入れすればいい。

万が一、俊にバレても、結婚した後ならこっちのものだ。

とにかく、前に進むしかない。

華には引き返す道はないのだから。

☆

「一千万？　ほう、婚約者が『日南ホテルリゾート』の息子なのに、どうしてそんな大金が必要なんだ？」

　人工的に陽焼けした金髪坊主の男性がパソコンのディスプレイから華に顔を向け、好奇の色を宿した瞳で訊ねてきた。

　煙草の紫煙で靄がかかったように白っぽくなった五坪程度の空間には、消費者金融のようなカウンターテーブルはなく二脚のスチールデスクが接客用に並べてあった。

　デスクチェアに座った華は、震える膝を掌で押さえた。

「東亜金融」の事務所に足を踏み入れて数分で、華は激しく後悔していた。

　いまなら間に合う。まだ、引き返すことができる。

　華は心の声を無視した。

　闇金融が怖いのは返せなかったときだ。

　きちんと返せば問題はない。

　しかし、橋本は違う。

機嫌を損ねればなにをしでかすかわからないという意味においては、目の前のコワモテよりも遥かに危険な男だ。

「彼には言えない使い道です。察してください」

華は恐怖を悟られないように平静を装い言った。

足元をみられたら、利息を吹っかけられるかもしれない。

「これか？」

ガングロ金髪坊主が、ニやつきながら親指を立てた。

「ご想像にお任せします」

否定はしなかった。

闇金融に一千万も申し込むような女が、まともな理由を口にしても仕方がない。

「まあ、いいか。じゃあ、本題に入るとしようか」

ガングロ金髪坊主が吸いさしを灰皿に押しつけ、新しい煙草に火をつけた。

「ウチみたいな闇金は通常、十万、二十万の小口融資しかしない。利息も一割取っている。どこも貸してくれるところのない多重債務者や延滞しまくりの不良債務者に貸してやるんだから、高利なのはあたりまえだ。だが、たまにあんたみたいな優良客もいる。いざとなれば、『日南ホテルリゾート』に取り立てに行けばいいわけだからな。だが、あいつらは優秀な弁護士を抱えているから、まともに取り立てても金は取れねえ。そこで、あんたに相談というか条件がある」

「担保に入れるものはありません」

すかさず、華は言った。

「そういう担保を要求するなら、電話の段階で言ってるよ。俺が求めているのは、婚約者が公表されたら困るなにか、弁護士や警察に相談できないほどの困るなにかがあれば、一千万を無担保で出せるんだけどな」

ガングロ金髪坊主が紫煙をくゆらせつつ言った。

「彼の弱みという意味ですか？」

「さすがにセレブ妻になるだけあって、呑み込みが早いな。たとえば婚約者の浮気相手との写真、会社の金を使い込んだ証拠——世間や親には絶対に知られたくない素顔があれば最高なんだけど」

華の頭には既に、あるカードが浮かんでいた。

あるカード——俊のマゾプレイの動画。

華との情事の際、恍惚の表情で尿を飲む俊の痴態を盗撮していた。

しかも一回の情事だけではなく、数十本の動画のストックがあった。

この切り札は絶体絶命のピンチに陥ったときに、俊を従わせるための最終手段として備えていたものだ。

だが、いまがその絶体絶命だ。

一千五百万を掻き集めて橋本に支払わなければ、華の夢は夢のまま立ち消える。

「彼の性癖を盗撮した動画があります」

肚を括った――どんな手段を使っても、夢を現実にしてみせる。

いまさら、安っぽい生活に戻るのはごめんだ。

「ほう、説明してくれ」

ガングロ金髪坊主が身を乗り出した。

華はスマートフォンを取り出し、シークレットフォルダのアイコンをタップした。

☆

タクシーに乗ってからずっと、鼓動が早鐘を打っていた。

華の両足は厳寒地に放り出されたように震えていた。

華が抱き締めたトートバッグの中には、「東亜金融」から融資を受けた九百五十万が入っていた。

――この動画ならマスコミやＳＮＳにバラ撒かれたら大騒ぎになるだろうし、あんたの婚約者も親や世間に知られたくはないだろうな。一千万で買い取ることができたら安いもんだ。取りっぱぐれはなさそうだし、希望通り一千万を融資してやるよ。大口だから特別に利息は月五パーセントだ。初回分の利息の五十万は最初に引くから九百五十万を渡すことになる。だから一回目の支払いは再来月の末からだ。元金が払えねえなら利息の五十万を入れれば翌月にジャンプしてやる。利息を入れてるかぎりは取り立てることはないが、十回ジャンプすれば五百万になる。ウチとしては儲けられるから嬉しいが、いずれは払えなくなって婚約者のところに取り立てに行くことになるだろう。まあ、この動画を観たらすぐに一千万を払うだろうが、あんたらの関係は終わるだろうな。

――きちんと支払いますから、そういうことにはなりません。

一千万を借りるために適当なことを言ったのではなかった。

支払いは二ヵ月後からなので、二回のジャンプで四ヵ月間の時間が稼げる。

四ヵ月あれば俊に嘘を告白し、許しを得たのちに籍を入れることが可能だ。

二ヵ月分の利息の百万円くらいは、支払える自信があった。

しかし、いざ借りた途端に華は不安に圧し潰されそうになった。

華のシナリオはすべて机上の空論だ。

両親の虐待の作り話を俊が信じても、華が偽の父親を会わせていたことを許してくれるとはかぎらない。

三ヵ月の時間がほしかったのも俊との絆を深めるためだが、些細なことで行き違いや誤解が生じ関係が悪化するかもしれない。

もし俊に別れを告げられたら、闇金融に一千万、消費者金融に一千万、ゆきに百万の借金だけが残ってしまう。

ゆきはまだしも、闇金融と消費者金融の借り入れを返せないと大変なことになる。

俊に捨てられたら、貯金なしの無職だ。

二千万の借金を返す術はなく自己破産するしかないが、闇金融は諦めてくれそうにもない。

華は頭を振り、ネガティヴな思考を打ち消した。

賽は投げられたのだ。

「お客さん、着きましたよ」

タクシーがスローダウンし、自宅マンションの前で停車した。

「東亜金融」で四時間かかり、スマートフォンのデジタル時計は午後三時になっていた。

期限は明後日だったが、橋本を四時に自宅に呼んでいた。

料金を支払い、華はタクシーを降りた。

マンションのエントランスに入った華の心拍は、エレベーターの前で佇む人影を見て跳ね上がった。

「なにしてるの？」

華は人影——橋本に訊ねた。

「すみません。佐伯さんから連絡を頂き、気が急いて早く到着し過ぎました」

橋本が卑しい笑みを浮かべながら頭を掻いた。

☆

「ペットボトルのままだけど」

華は言いながら、我が家のように寛ぎソファに座る橋本に麦茶を差し出した。

「あ、私なんかにお茶を出して頂きありがとうございます」

橋本が遜った物言いで頭を下げた。

華はいら立ちをグッと我慢した。

今日で終わりだ。

もう二度と、この忌々しい顔を見ることもない。

「期日の二日前に支払って頂けるのは嬉しい誤算です」

橋本がご満悦の表情で言うと、喉を鳴らしつつ麦茶を飲んだ。

華は無言で九百五十万の入った書類封筒をテーブルに置いた。

「一千五百万、ですよね？」

橋本が書類封筒の厚みを確認しながら訊ねてきた。

「九百五十万よ。合計で二千四百五十万だけど、十分でしょう？　このお金はね、月に五パーセントの闇金融から借りてきたの。これ以上は、本当に無理だから」

華は厳しい口調で釘を刺した。

「闇金融で九百五十万ですか⁉　凄過ぎます！　やっぱり、『日南ホテルリゾート』の威力は半端ないですね！」

橋本が瞳を輝かせ声を弾ませた。

心底、嫌な男だ。

「そういうことだから——」

「では、二日後の期日までに残りの五百五十万をお待ちしていますね」

「ちょっと！」

書類封筒を手に腰を上げようとする橋本の腕を華は摑んだ。

「なんです？　怖い顔して」

「私の話、聞いてなかったの⁉　もう、本当にこれ以上は無理だと言ったでしょう⁉」

「それは佐伯さんの言い分です。約束は三千万ですから、守ってほしいとお願いしているだけですよ」

ソファに腰を戻した橋本が、白々しく言った。

「いい加減にして！　闇金融から一千万も借りたって言ってるじゃない！　無理なものは無理！」

華のヒステリックな声が、リビングの空気を切り裂いた。

「なら、指輪を売るしかないですね」

「ふざけないで！　借金して二千五百万も払ったのに、婚約指輪を売るですって！　あなたは、どこまで下種な男なの！」

華はテーブルに掌を叩きつけ、橋本に怒声を浴びせた。

「そういうことなら、仕方がありませんね」

橋本がわざとらしくため息を吐き、スマートフォンを手にした。

「どこにかけるのよ？」

「指輪を売っちゃだめなら、残りの五百五十万は俊さんに請求……」

乾いた衝撃音——無意識に手が出ていた。

「気が済むまでどうぞ。ただし、俊さんに請求しますけどね」

橋本が叩かれたほうと反対側の頬を突き出した。

「あなたって人は……どうして三千万に執着するのよ！　元々売れない舞台役者だったあなたが……バイト暮らしのあなたが二千五百万も貰えるのよ⁉　私が雇うまで給料なんて十数万だったわけでしょう⁉　お金に眼が眩んで欲をかくのもほどほどにしなさいよ！」

鬱積していた怒りを、華は橋本にぶつけた。

「そうです。俺はバイト暮らしの元舞台役者ですよ。教えましょうか？　どうして三千万に拘るのか？　負債ですよ」

「負債？」

「ええ。これでも昔は銀行員でしてね。劇団にも所属していて、小劇場ですが舞台にも上がっていました。俺が本当にやりたかったのは舞台よりも映画監督でした」

「あなたの身の上話なんてどうだって——」

「待ってください。ちゃんと話は繋がってますから。結婚していた当時は安いながらも千葉にマイホームを持っていました。そのマイホームを担保に勤務先の銀行から五千万を借りて映画を撮りました。夢を叶えるための大勝負に出たわけですが、結果は地獄でした。映画は大コケで五千万の借金だけが残りました。銀行も解雇に追い込まれ、返せる当てもなく家を売ったのですが、購入時より土地の値段が下落していて二千万にしかなりませんでした。つまり、三千万が借金として残っているというわけです。これで、俺が三千万に拘る理由がわかりましたか？」

　橋本が芝居じみた哀しげな顔を作りため息を吐いた。

「じょっ、冗談じゃないわよ！　なんで私があなたの抱えた借金のために三千万を払わなきゃならないのよ！」

「だから、残りは俊さんに請求しますから大丈夫です」

　橋本が人を食ったような顔で言った。

　ハッタリではなく、橋本は本気だ。

　ただ欲をかいて三千万に執着しているると思っていたが、借金を払うためなら簡単には諦めないだろう。

　悔しいが、華が折れるしかない。

「明後日までに五百五十万を揃えればいいんでしょ！」

　華はヤケクソ気味に言った。

「わかってくださって嬉しいです。では、資金繰りにお忙しいでしょうから私はこれで失礼します」

慇懃(いんぎん)に頭を下げる橋本を見て、華は気づいた。

父よりも憎むべき存在がこの世にいることに。

11

華はコーヒーカップを口元に運びながら、店の自動ドアを凝視していた。

神泉駅近くのカフェに入ったのが午前十一時半。

いまは、正午を十分回っていた。

——昼休みに三十分くらいなら大丈夫だから、会社近くの「リリス」ってカフェで待ってて。

昨日、橋本が帰ってからすぐにゆきに電話を入れた。

ゆきは渋谷にあるアパレルショップに勤務していた。

残り五百五十万円を、明日までに揃えなければ究極の二者択一が待っている。

二者択一——婚約指輪を売られてしまうか、俊に事実を暴露されるか。

どちらも、選べるはずがなかった。

予定を前倒しして、自分の口から俊に嘘を打ち明けるか？

だが、やはり早過ぎる。

俊に愛想を尽かされる可能性が高かった。

予想に反して俊が許してくれたとしても、橋本が黙っていないだろう。

そうなると、俊に捨てられてしまう。

結局、橋本に残金を払い満足させなければ華は南条家の一員になれないのだ。

自動ドアが開き、ゆきが現れた。

華は手を上げた。

「ごめんね、出る前にチーフに呼び止められてさ」

ゆきが顔の前で手を合わせつつ、華のテーブルに歩み寄ってきた。

「こっちこそごめん、仕事中に」

「すみません、アイスティーをください。ううん、私は大丈夫だけど。あなたのほうこそ平気なの？　俊さんの会社で秘書をやってるんでしょう？」

女性スタッフに注文を告げたゆきが、心配そうに訊ねてきた。

「うん、父親が癌で入院していることになってるから、しばらく休んでいいって言ってくれてて」

「父親って偽者でしょ？」

「そう、花柳凰」

「まあ……」

ゆきがあんぐりと口を開き、呆れた表情で華を見据えた。

「嘘に嘘を重ねて、どうするつもりなの？　このままだと、引くに引けなくなってしまうわよっ。あ、そういえば偽父役の男に脅されている件はどうなったの⁉」

「もう、引くに引けなくなってるわ。実は――」

華は消費者金融と闇金融から二千万を借りたことと、残りの五百五十万を橋本から要求されていることを打ち明けた。

「嘘でしょ⁉　あなた、そんな怖いところから二千万も借りるなんて……。やっぱり、そいつを警察に突き出さないと、またお金を要求してくるわよ！」

ゆきの大声に、周囲の客の視線が集まった。

「そんなことしたら私も捕まるし、俊さんと別れなきゃならなくなるでしょう⁉」

「まだそんなことを言ってるの⁉　恐喝犯にお金を払うためにヤクザみたいなところから二千万も借りるなんて、どうかしてる――」

「ゆき、なにも言わずに五百五十万を貸して！　お願い！」

華はテーブルに額を押しつけ懇願した。

「五百五十万⁉　そんなお金、あるわけないでしょう！　百万を貸したばかりじゃない！」

「わかってるっ。私の借りた消費者金融を紹介してあげるから、一緒に行こう⁉　あなたはほかに借金がないから、十社も回れば二百万は借りれるわ。残りは闇金融で貸してくれるから！」

華は早口で捲し立てた。

「華？　あなた、なにを言ってるの⁉」

「大丈夫！　私が連帯保証人になるから、あなたに迷惑はかけないわっ。ね⁉　行きましょう⁉」

華はゆきの手首を摑み、席を立った。

「ちょっと……痛い……離してよっ」

「私が全部払うから！　俊さんと結婚したら、お金なんてどうにでもなるから！　あなたも知ってるでしょう？　私の婚約者は『日南ホテルリゾート』の御曹司なのよ？　五百五十万なんて、すぐに払えるから！　ね⁉　早く行こう！」

「あの、ほかのお客様のご迷惑になるので、お静かに願えませんでしょうか？」

「わかったから、邪魔しないで！」

華は女性スタッフを追い払った。

「離してったら！」

ゆきが強引に華の手を振り払った。

「ゆき、私を見捨てるの⁉　私が連帯保証人にもなるって言ってるのに、あなたに借金を被せて知らん顔をすると思ってるの⁉　私をそんなにひどい女だと思ってるの⁉　あなたには絶対に迷惑をかけないから！　ね！　だから信じて！」

華はふたたびゆきの右手を両手で握り、懸命に訴えた。

「そういう問題じゃないでしょ！　いい加減に目を覚ましなさい！」

ゆきが華を一喝した。

「ゆき、なにを言ってるの⁉　私は冷静よ。ただ、親友として私の結婚に協力してほしいだけよ。明日までに五百五十万が揃わなければ、南条家の一員になれないのっ。私が焦る気持ち、わかるでしょ⁉」

華はありったけの想いを込めて心情を訴え続けた。

幼馴染みのゆきなら、私の気持ちを理解してくれる。

日本中の誰もが敵に回っても、ゆきだけは味方でいてくれる。

「お客様、もう少し声のボリュームを落として頂いてもよろしいでしょうか？」

今度は店長のネームプレイトをつけた男性スタッフが、遠慮がちに頼んできた。

「わかったから、何度も邪魔しないでよ！　それともあなたが、五百五十万を貸してくれるわけ⁉」

華の常軌を逸した剣幕に刺激しないほうがいいと判断したのか、店長がすごすごと退散した。

「華、店員さんにそんなこと言って、どうしちゃったのよ？　あなたは、俊さんの奥さんになりたいの？　それとも南条家の一員になりたいの？」

ゆきの質問の意味が、華にはわからなかった。

「やだ、ゆきったら。どっちも、同じことじゃない」

華はゆきの手を握り締めたまま微笑んだ。

「同じじゃないわよ。あなたが俊さんの奥さんになりたいのなら、橋本って男に脅されてることを含めて偽の父親を紹介した嘘を打ち明けて謝るべきよ。華が心の底から反省して、俊さんを愛する気持ちが伝われればきっと許してくれると思う。時間はかかるかもしれないけど、二人の愛が本物なら俊さんも別れを告げないはずよ」

ゆきが諭すように言った。

「だから、それには時間が必要なのよ！　愛が本物とか本物じゃないとか、私達はまだ半年も付き合ってないのよ⁉　もっと時間をかけて絆を深めてから打ち明けようと思っていたのに、あの男が台無しにしたのっ。私が借金してまで時間を稼いでいるのは、どんな嘘を吐かれていたと知っても、私を手放せないだけの女性としての価値を俊さんに植えつけるためよ！　どうして、わかってくれないの⁉」

華はいら立ちをゆきにぶつけた。

「わからないわよ！　あなた、さっきから聞いていれば自分のことばかりじゃない！　時間が必要とか自分の価値を植えつけるとか、そういうことを考える前に俊さんを騙したこと、俊さんを傷つけたことを反省して態度に示すべきなんじゃないの⁉」

ゆきの言葉が、耳を素通りした。

まるで別の国の言語を聞いているようで、まったく心に響かなかった。

「どうして反省しなきゃならないの？　私は南条家の一員になれれば、それでいいのよ。俊さんが傷ついたとか、どうだっていいことだし」

「じゃあ訊くけど、俊さんはあなたにとってなんなのよ⁉」

ゆきが強い口調で訊ねてきた。

「南条家の窓口かな」

華はさらりと言った。

「窓口……。それ、本気じゃないよね？」

ゆきが、恐る恐る訊ねてきた。

「本気よ。なんで？」

華は率直な疑問を口にした。

「なんでって、あなたがお金に苦労するような生活はしたくないとか言ってたのは知っていたけど、俊さんにたいしての愛情は少しもないの⁉」

「ゆきこそ、愛なんて本気で言ってる⁉　私の両親がどんなにろくでなしか知ってるよね⁉　無償の愛を子供に与えるはずの親が私にやってきたこと、あなたは見てきたよね？　そんな私に、愛がどうのこうのなんてよく言えるわね⁉　わかった！　ゆきさ、私に嫉妬してるんでしょう⁉」

華はゆきに人差し指を突きつけた。

「嫉妬⁉　私が、どうして華に嫉妬するのよ⁉」

ゆきの血相が変わった。

注文したアイスティーを一口も飲んでおらず、氷が溶け始めていた。

「幼馴染みが『日南ホテルリゾート』の御曹司と結婚するのを、正直、心から祝福できないよね？　私のやることに苦言ばかり言うのは、困窮していた私が玉の輿に乗りそうだからじゃないの？」

「――わかった」

ゆきが席を立った。

「ちょっと待ってよ！」

華はゆきの腕を摑んだ。

「なに？　嫉妬どうこうの件を謝るなら、聞いてあげてもいいわ」

立ったまま、ゆきが震える声で言った。

「え？　嫉妬はしてるよね？　だから謝らないわ。それより、五百五十万を――」

「たとえ五万でもお断りよ。こんな終わりかたで残念だわ」

ゆきは冷え冷えとした声で言うと、華の手を振り払い出入口に向かった。

「こっちこそ、親友の幸せを祝福できない嫉妬深いあんたなんてごめんよ！」

腰を上げた華は遠ざかるゆきの背中に罵声を浴びせ、おしぼりを投げつけた。

「なに見てるのよ！」

華は好奇と嫌悪の視線を向ける客達を一喝し、席に腰を戻した。

ゆきの口をつけられていないアイスティーを氷ごと口に入れ、興奮と大声でからからになった喉を潤した。

華は眼を閉じた。

どうすればいい？　どうすればいい⁉　いったい、どうすれば——。

焦燥感と不安が、華の理性を蝕んでゆく。

脳内で小さな声がした。

小さ過ぎて、なにを言ってるのかわからなかった。

繰り返し、声がした。

声が次第に大きくなってゆく……大きくなってゆく……大きくなってゆく……。

あなたが悪いんじゃない！　悪いのはあいつ！　あなたが悪いんじゃない！　悪いのはあいつ！　あなたが悪いんじゃない！　悪いのはあいつ！　あなたが悪いんじゃない！　悪いのはあいつ！

自業自得よ！　自業自得よ！　自業自得よ！　自業自得よ！　自業自得よ！　自業自得よ！

華の頭蓋骨を、繰り返される大声が軋ませた。

第四章　悪　魔

1

小鳥の囀り（さえず）が雑音に聞こえた。

植え込みの花も色褪せて見えた。

早朝の代々木公園は、まだ薄暗かった。

ときおり犬の散歩をさせている飼い主とウォーキングしている老人がいたが、華が座っているベンチは公園の奥まった場所にあるので誰も寄りつかなかった。

監視カメラがないことも確認済みだ。

念のため、キャップ、サングラス、マスクで変装していた。

橋本と取引している姿を誰にも見られたくなかった。

華は膝の上に置いた紙袋を抱き締めた。

中には百万が入っている。

俊から買って貰ったコートやヒールをすべて売り払い作ったお金だ。

これがいま、華にできる限界だ。

窮地から抜け出すには、橋本から婚約指輪を返してもらい質屋に入れるしかない。

それでも百五十万は不足だ。

だが、一週間あればそのくらいの金額ならなんとかできる。

金の亡者の橋本も、百五十万なら待ってくれるだろう。

今日で、ようやく橋本から解放される。

あとは三ヵ月ほど時を寝かせ、機が熟した頃にお涙頂戴の幼少時の虐待話を俊に聞かせ、花柳鳳が父だという嘘を許して貰うつもりだった。

当面は消費者金融と闇金融の利息だけを支払い、入籍後に自由に金が使えるようになったときに完済する予定だ。

「おはようございます」

背後から声をかけられ、背筋に悪寒が走った。

振り返らずとも、声の主が誰であるかは全身に広がる嫌悪感でわかった。

「今日はまた、ずいぶん変わった場所で会うんですね」

橋本が華の隣に腰を下ろした。

「もう、自宅マンションにあなたを入れたくないの。それに、いつ俊さんに見られるかわからないし」

華は正面を見据えたまま言った。

橋本を視界に入れるのも嫌だった。

「そういうことですね。それにしても、こんなに早くなくてもいいのに」

「今日は俊さんとランチの約束をしてるの。あなたのことをさっさと終わらせたくて。お金を持ってきたわ」

華は正面を向いたまま、紙袋を宙に掲げた。

「あなたも、指輪を持ってきたんでしょうね？」

「ついに完済ですね。よかったです。持ってきましたよ」

橋本が指輪ケースを華に見せた。

「全額じゃないの」

初めて華は、橋本を見た。

汚らしい長髪を後ろに束ね、ブルーのジャージのセットアップという姿の橋本を見て華の前腕に鳥肌が立った。

「それはどういう意味です？」

「知り合いの宝石商に鑑定してもらったら、指輪を売れば一千五百万にはなるらしいの。質屋に訊いたら貸してくれるのは三百万。でも、売ったら俊さんに言い訳ができなくなるから質に入れようと思うの。ここにある百万と三百万を払うから、残りの百五十万はあと一週間待って貰えるかしら？」

　昨夜、一睡もせずに出した結論だった。

　婚約指輪を質草にしたくはなかったが、橋本に売られるよりはましだった。

　宝石商に売れば五百五十万を橋本に支払っても一千万近く手元に残り、闇金融の借金も完済できる。

　だが、婚約指輪を二度と取り戻すことができなくなる。

　三百万なら十分に取り戻せる金額だ。

「五百五十万を持ってきたんじゃないんですか？」

　橋本が怪訝な顔を華に向けた。

「だから、百万だけよ。残りの百五十万を一週間だけ待っててちょうだい」

「残念ですが、もう一日も待てません。今日中に五百五十万を用意できなければ、俊さんに連絡します。それが嫌なら、指輪を売るしかありませんね」

「たったの百五十万じゃない！　一週間くらい待ってくれてもいいでしょう⁉」

華は眼尻を吊り上げ、鬼の形相で橋本に訴えた。

「たったの百五十万なんですから、今日中に用意してください。それとも、俊さんにモーニングコールをしましょうか？」

ニヤニヤしながらスマートフォンに耳を当てる橋本が、歪んで見えた。

不意に華は、耳鳴りと頭痛に襲われた。

頭蓋骨が割れてしまいそうにズキズキと痛んだ。

昨夜、一晩中聞こえていた声がふたたび脳内で囁いた。

「どうしました？　大丈夫ですか？」

ぐにゃぐにゃの橋本がなにかを言っていた。

脳内の囁きがじょじょに大きくなってきた。

プランB……

耳鳴りが激しくなり、頭蓋骨が軋んだ。

「もし仮病なら無駄ですよ」

ぐにゃぐにゃの橋本がなにかを言っていた。

脳内の囁きがじょじょに大きくなってきた。

　プランB……プランB……プランB……プランB……プランB……プランB……わかったわ。

「佐伯さん、あなた、立派な役者になれますよ。でも、もう芝居はそのへんにしておいてくれません――」

「わかったわ」

　華は眼を開けた。

「どうしたんですか⁉」

　橋本が驚いた顔で華を見た。

「なにが？」

「眼が真っ赤ですよ⁉」

「あなたが苦しめるからでしょう？　もう一度訊くわ。ここにある百万と指輪を質草に借りる三百万、合計四百万を払うから、残りの百五十万を一週間だけ待って貰えないかしら？」

「何度訊かれても、答えは同じです。五百五十万を今日中に用意できなければ婚約指輪を売るか俊さんに電話します」

「どうしても、だめなのね？」

　華は言いながら、紙袋に手を入れた。

「佐伯さんもしつこい方ですね。どんなに頼まれても日にちの延長はできません」

橋本が取り付く島もなく言った。

「わかったわ。今日中に用意すればいいんでしょう。じゃあ、百万を渡すから指輪を返してちょうだい。これから質に入れるから」

華は紙袋から取り出した百万を橋本に差し出した。

私は悪くない。あなたが守銭奴だから仕方ないの。

私は悪くない。あなたが私を恐喝したから仕方ないの。

私は悪くない。あなたが私の夢を打ち砕こうとしたから仕方ないの。

私は悪くない、私は悪くない、私は悪くない、私は悪くない、私は悪くない、私は悪くない、私は悪くない、私は悪くない、私は悪くない、私は悪くない、私は悪くない、私は悪くない、私は悪くない、私は悪くない、私は悪くない、私は悪くない、私は悪くない――。

「やっと、わかって貰えましたか」

橋本が百万の札束と引き換えに、指輪ケースを華に渡した。

「佐伯さん、何時に残金を渡して貰え――」

華は紙袋から取り出した催涙スプレーを橋本の眼球に噴霧した。

「うあっ……」

橋本が指輪ケースを放り出し、両眼を押さえて激しく身悶えた。

「私は悪くない」

抑揚のない口調で言うと華は立ち上がり、催涙スプレーを紙袋に戻し代わりに手にしたライターのオイルを橋本の頭上から浴びせかけた。

華はオイルライターに火をつけると、橋本に放った。

あっという間に、橋本の全身が炎に包まれた。

「おぅあぎゃおうぁー！」

火達磨（ひだるま）の橋本が立ち上がり、絶叫しながら走り出した。

二、三メートル走ると躓（つまず）き、顔面から転倒した。

「あぢゃあ！　あぢぃ！　けじでぐれーっ！　けじでぐれーっ！」

炎に包まれた橋本がのたうち回った。

華は周囲に首を巡らせた。

幸いなことに人気（ひとけ）はなかった。

華はなにごともなかったかのように悠然と足を踏み出した。

2

シャワールームから出た華は、全裸のままベッドルームに移動し姿見の前に立った。

張りのある乳房、薄桃色の乳輪、贅肉のない腰回り、くびれたウエストライン、キュッと上がったヒップライン——アラサー目前の女性にしては、若々しい肉体だった。

俊をさらに夢中にさせるために、華に釘付けにするために、よりいっそう自分磨きに励む必要があった。

もう、邪魔者はいない。

これからは、俊の妻になるためのシナリオに集中できる。

昼のニュースで代々木公園で男性の焼死体が発見されたと報道され、夕方のニュースで焼死体が人材派遣会社の派遣スタッフの橋本進五十八歳だと報道されていた。

焼死体から催涙スプレーの成分が検出されたら、警察は他殺の線で動くだろう。

ドレッサーに置いていたスマートフォンが震えた。

予想通りディスプレイには、「ライフサポート」の林葉の名前が表示されていた。

「もしもし？」

華はスマートフォンを耳に当て、ベッドの縁に腰を下ろした。

『ご無沙汰しています。「ライフサポート」の林葉です。橋本さんのニュースをご覧になりましたか？』

挨拶もそこそこに、林葉が訊ねてきた。

「はい、観ました。私もいま、林葉さんに連絡しようと思っていたところです」

『大変なことになりました。秘密主義のところがある人でしたが、まさか自殺をするなんて――』

上部スピーカーから、林葉の動揺した声が流れてきた。

「自殺なんでしょうか？　ニュースでは、そのへんをはっきり報じてなかったので」

華は探りを入れた。

『自殺以外にないでしょう？　それとも、誰かに殺されたとか？』

「さあ、わかりませんけれど、最近はコロナ禍が影響しているせいか怖い事件が立て続けに起きているので……」

華は声を震わせてみせた。

会話の主役になっている橋本をつい十数時間前に殺したというのに、華は驚くほど落ち着いていていた。

『まあ、通り魔の線もないとは言えませんけどね。でも、通り魔がオイルかけて焼き殺しますかね?』

林葉の声は終始うわずっていた。

「自殺だとしても、自分に火をつけますかね?」

華は白々しく訊ねた。

『さあ、私にはなんとも……。それより、佐伯さんにはこういうことになって謝らなければなりません』

「こんなときにとんでもないです」

『いえ、契約も残っていますし、そういうわけには。佐伯さんにご迷惑がかかるので、橋本さんの後任についてお話を――』

「契約は終わりにしましょう。いまさら、違う人に父親役を頼むわけにはいきませんから」

『それもそうですね。では、違約金のお話をさせてください。今回のことはウチの責任ですから』

林葉が申し訳なさそうに言った。

「違約金もいりませんから、一つお願いがあります」

『なんでしょう?』

「実は私は『日南ホテルリゾート』の次男との結婚を控えています。もし、貴社との契約内容が警察に知られたら参考人として呼ばれるでしょうし、マスコミに漏れてしまいます。そうなれば、確実に結婚話も破談になるでしょう」

『ご心配なく。当社は顧客の依頼内容を外部に漏らすことはありません。それがたとえ警察であってもです。今日、捜査一課の刑事さんが事情聴取に現れましたが、橋本さんの顧客に関しての情報は佐伯さんを含めて提出していません。彼が当社で花見の席取りや犬の散歩などの代行をやっていたことはお話ししました。警察は橋本さんが顧客とトラブルがなかったか、恨みを買っていなかったかを気にしていましたね』

林葉のため息が上部スピーカーから漏れてきた。

「そういうことってあるんですか？」

華は素知らぬ感じで訊ねた。

『仕事柄、依頼客とのトラブルは珍しくありませんね。当派遣スタッフの落ち度もあれば、お客様の言いがかりに近いものもあります。ですが、橋本さんに関しては完璧に仕事をこなしますし、人当たりもよく当社のアンケートでもクレームは一度もありませんでした』

「それは、私もよくわかります。橋本さんの仕事ぶりは、非の打ちどころがありませんでした」

嘘ではなかった。

ただし、あくまでも仕事に関してであり、人間性は最低な下種だった。

『そう言って頂き、我々も救われます。当社の仕事でなにか悩んでいたのではなかろうか、とか、知らず知らずのうちに彼を追い込んでいたのではなかろうか、とか、ネガティヴなことばかり考えてしまいまして――』

「ご自分を責めないでください。本人にしかわからない事情がいろいろあったのかもしれませんし」

あの男は悩むどころか、顧客から三千万を脅し取ろうとしていたダニだ。

あの男は追い込まれるどころか、顧客を精神的、経済的に追い込んだ害虫だ。

林葉を慰めながら、華は心で毒づいた。

『ありがとうございます。とにかく、佐伯さんにはご迷惑がかからないようにしますのでご安心ください。佐伯さんを含めたＶＩＰのお客様のデータもすべて消去してあります』

「はい。よろしくお願いします」

電話を切り、華はスマートフォンをドレッサーに置いた。

華は安堵の吐息を吐いた。

これで「ライフサポート」の線から華の存在が浮かぶ可能性は低くなった。

一番の懸念材料――華とのやり取りを隠し録りしていた橋本のスマートフォンは回収し、既に破壊してある。

残るは自宅のアパートだが、彼の性格上、華を恐喝していた証拠を残しておくとは思えなかった。

華から脅し取った二千四百五十万は自宅に置いてある可能性が高かったが、札束に名前が書いてあるわけではない。

代々木公園で橋本といる姿を見られていない自信はあった。橋本の焼死体から催涙スプレーの成分が検出されなければ自殺として捜査は終了する。

逆に催涙スプレーの成分が検出されれば殺人事件として本格的な捜査が始まる。

令状を突きつけられれば林葉も顧客情報を開示するだろうし、華の特殊な依頼内容に警察は目をつけるだろう。

橋本の自宅のパソコンに華から三千万を脅し取るシナリオが保存されているかもしれないし、アナログ的にノートに記しているかもしれない。

華が気づかないだけで、公園で誰かに目撃されていたかもしれない。

華は思考を止めた。

考えなくても、華にはわかっていた。

『あなたは捕まらないわ』

鏡の中に映る女性が、華に言った。

「知ってるわ」

華は涼しい顔で答えた。

『あなたは神に守られているの』

鏡の中の女性が華に言った。

「知ってるわ」

華は涼しい顔で答えた。

『あの悪魔は神に罰せられたの。だから、あなたが罰せられるわけがないの』

鏡の中に映る女性が、華に言った。

「知ってるわ」

華は涼しい顔で答えた。

『よかった。あなたが罪の意識と恐怖に囚われているかと思ったわ』

鏡の中の女性が華に言った。

「どうして私が罪の意識に囚われるの？　悪魔を成敗しただけよ。どうして私が罰せられるの？　悪魔を成敗しただけよ」

華は涼しい顔で言った。

鏡の中の女性が頷き、微笑んだ。

3

「わぁ！　きれい！　本当によくお似合いですぅ〜。まるで、女優さんみたいですね！」

ブライダルサロンの試着スペース——女性スタッフが昭和のテレフォンショッピングのキャストのようなオーバーアクションで、ウエディングドレス姿の華を褒めちぎった。

「そんな、大袈裟ですよ」

華は謙遜してみせた。

「いや、本当にモデルみたいにきれいだよ」

女性スタッフの横に立つ俊が、眼を細めて言った。

「まあ、それじゃあ、モデルさんが着たらもっときれいってことね？」

華は悪戯っぽい口調で言いながら、俊を軽く睨みつけた。

「え？　あ……違う違う、そういう意味じゃなくてさ——」

「冗談よ。俊さんったら、なんでも真に受けてしまうんだから」

「もう、勘弁してよ。寿命が縮まっちゃうじゃないか」

華が言うと、俊が胸に手を当てため息を吐いた。

橋本が死んでから三ヵ月が過ぎた。

警察は死因を自殺と断定した。

焼死体から催涙スプレーの成分が発見されなかったのだろう。

目撃者もおらず、橋本と華を繋ぐ物証も出てこなかったのだろう。

その上、華に追い風となったのは橋本の自宅アパートから十数匹の首のない猫の死骸が発見されたことだ。

あとからニュースで知ったことだが、橋本には過去に心療内科の通院歴があった。

橋本が精神を患っていた事実が、焼身自殺説に説得力を持たせた。

「ちょっと意地悪をしたくなったの。でも、俊さんがモデルさんと知り合ったら心惹かれるんじゃないかと心配だわ。彼女達、異次元にきれいだから」

華は拗ねてみせた。

「そんな心配は必要ないよ。だって、華さんは世界一美しい女性だし、君以外の女性は僕の瞳に映らないから」

俊が穏やかに微笑みながら華をみつめた。

交際して半年。俊は完全に華の虜になった。

磨き続けたビジュアル、女王様セックス、料理、秘書業――俊を奴隷にするために努力した。

花柳鳳が偽父だったと打ち明けるその日のために、真実を打ち明けても俊が華と別れることができないようにするために努力した。

「まあ、ご馳走様です。お二人の熱々ぶりに室内の温度が何度か上がったみたいです」

女性スタッフがおどけた口調で茶々を入れた。

「ありがとう。私も俊さん以外の男性は眼に入らないわ」

華は俊に微笑みを向けた。

「そうじゃなきゃ僕は生きていけないよ。さあ、別のドレスも試してみようか？」

俊の言葉に頷き、華は更衣室のドアを閉めた。

華は姿見の前に佇んだ。

「おめでとう。思い通りの展開ね」

華は鏡の中のウエディングドレスを纏った女性に語りかけた。

――華さん、来週、実家に行こう。

――実家に？　どうして？

——父に報告するためだよ。

——報告？

——うん。近い将来、僕のお嫁さんになる人だってね。

——えっ！

——嬉しくないのかい？

——ううん。とても嬉しいわ。でも、私の父はまだ病が完治してなくてお義父様にご挨拶に伺えないから……。

——ああ、そのことなら心配はいらないよ。父にはもう話してあるから。それに、僕が結婚するのはお義父様じゃなくて華さんだからね。

華は心で勝利宣言した。

俊の言葉を聞き、真実を打ち明けても許して貰えると確信した。

俊の両親が華を許すかはわからない。

構わなかった。

俊の心さえ繋ぎ止めていれば、勘当されないかぎり華も南条家の一員になれるのだ。

——父に会う前に、知り合いのブライダルサロンに行ってドレスの下見をしておこう。

俊が弾む声で言った。

――まだ早いわよ。せめてお義父様にご挨拶してからにしましょう。

――さっきも言ったろう？　華さんが結婚するのは父ではなく僕なんだから。ドレスの下見は二人の問題だよ。

『想像と違ったわ』

鏡の中の女性が拍子抜けした顔で独り言ちた。

「なにが？」

華はスマートフォンを取り出しながら訊ねた。

俊に打ち明けるには、絶好のシチュエーションだ。

ウエディングドレスを着た未来の花嫁――最高に美しい瞬間の華から涙の告白をされたら、俊も許すしかないだろう。

華はシナリオを保存していたフォルダをタップした。

　俊さん、ごめんなさい。私は、あなたに大変な嘘を吐いていました。花柳鳳は、私の父ではありません。

　両親は小さな食堂をやっています。

許されることではないですが、あなたを欺いてしまった理由だけ言わせてください。

私は小学三年生のときから父に性的虐待を受けていました。

お酒が入ると父は決まって私の布団に潜り込み、添い寝する振りをして胸を揉み、性器に指を入れました。

私は意を決して母に相談しました。

まさか。あなたの勘違いよ。

母は笑って取り合ってくれませんでした。

打ち明けるだけでも勇気が必要だったのに、それ以上は言えませんでした。

父の性的虐待は日増しにエスカレートしてゆきました。

最初は触るだけだったのが、母の寝息が聞こえてからは未発達な胸や性器を舐めるようになりました。

私はふたたび勇気を振り絞り、母に訴えました。

まだそんなことを言ってるの⁉　いい加減にしないと怒るわよ。

それでも、母は取り合ってくれませんでした。

私が小学四年生になったときには、父の行為はさらにエスカレートしました。

母がお風呂に入っている隙に、グロテスクにそそり立つ男性器を舐めるように命じてきました。

私には断る術もなく、従うしかなかったのです。

母も信じてくれないし、このままだと大変なことになる。

私の危惧は現実になってしまいました。

小学五年生のとき、ついに父は越えてはいけない一線を……。

さらに私がショックだった出来事が起こりました。

ある日、具合が悪くなって早退した私が自宅の玄関に入ると、部屋から父と母が喧嘩している声が聞こえてきました。

悪戯だけだと思ったら、娘と最後までやるなんて……あんたはケダモノよ！

父に性的虐待され続けたことは死ぬほどつらかった。

でも、取り合ってくれなかった母が見て見ぬふりをしていた事実はさらにつらかった。

小学六年生になった頃には、父はピタリと手を出さなくなりました。

あとからわかったことは、父に幼女趣味があったことです。

胸も膨らみ陰毛が生え始めた私には、興味がなくなったということです。

父の性的虐待がなくなったからといって、それまでの地獄の三年間の傷が癒えるはずもなく、高校生になったと同時に私は家出をしました。

『そんな鬼畜のような両親の子供だなんて、あなたに知られたくなかった。汚れた獣の血が流れている娘だと思われるのが怖かった。だから、いけないと思いつつも俊さんが花柳鳳の大ファンだから、覆面作家ということもあってあんな罪な嘘を吐いてしまったの。許してほしいとは言わない。私が告白したのは、こんなに素敵な純白なウエディングドレスを着る資格がないということをあなたに伝えたかったから。それから、俊さんの前でドレスを脱いで別れを告げる』

鏡の中の女性が、シナリオの続きを口にした。

「なにが言いたいの？」

華は素知らぬふりをして訊ねた。

本当は鏡の中の女性の言わんとしていることがわかっていた。

『私は目的地に着いたの』

鏡の中の女性が満足げに微笑んだ。

「まだ列車はスタートしたばかりじゃない」

華は素知らぬふりを続けた。

『ううん。私は勝ったの。もう、ゲームオーバー。これ以上列車に乗ってても同じような景色が続くだけ、不毛な時間を過ごすだけよ』

鏡の中の女性は強がっているふうもなく、とても穏やかな表情をしていた。

「セレブの仲間入り――結婚という終着駅はもう少し先よ。このシナリオで俊さんが許してくれる保証はないし。気を抜かないほうがいいわ」

この会話自体が不毛であることに華は気づいていた。

『許してくれるわよ。両親を説得するのに少し時間はかかるけど、最終的に南条家の一員になれるわ。セレブ妻という名声も優雅な暮らしも手に入るし、ほしい物はすべて手に入れることができるし』

鏡の中の女性は、相変わらず穏やかな表情で言った。

「わかってるじゃない。だったら、終着駅まで行かなきゃ」

『あなたこそ、本当はわかっているでしょう？　列車に乗ったのは、終着駅の景色を見るためじゃないということを』

「そんなことない――」

「華、大丈夫？」

ノックと俊の声が、華の声を遮った。

『あなたの自由にどうぞ』

最後まで穏やかな表情で言い残し、鏡の中の女性が消えた。

華はスマートフォンのフォルダを閉じ、更衣室のドアを開けた。

「あれ？　どうしてドレスを着たままなの？」

「少し、俊さんと話したいことがあるので二人にして頂けますか？」

華は訝しげに訊ねる俊に答えず、新しいウエディングドレスを手に持つ女性スタッフに言った。

「もちろんです。ごゆっくり、ご相談くださいませ。終わりましたら、呼んでください」

恭しく頭を下げ、女性スタッフが試着スペースを出た。

「話ってなに？　ドレスが気に入らないの？」

「座って」

訊ねてくる俊に、華は応接ソファを勧めた。

「いまから、俊さんに打ち明けなければならない秘密があるの」

華は俊の前に立ったまま切り出した。

「前に言っていた嘘と秘密というやつだね？」

俊が不安そうな顔で華を見上げた。

「父のことよ。花柳鳳が――」

華は言葉を切り、眼を閉じると息を吸った。

「父親だというのは嘘だったの。便利屋で雇った赤の他人に、私の父こと花柳鳳を演じて貰っていたのよ」

眼を開け、華は一息に言った。

「え？　君はなにを言ってるんだい？　意味がわからないんだけど……」

俊が戸惑いの表情になった。

「私の本当の父親は小さな食堂をやってるわ。作家でもなんでもない、食堂の親父よ」

華は淡々とした口調で続けた。

「ちょっと、ちょっと！　僕を担ごうとしたってそうはいかないよ」

冗談だと思ったのだろう、俊の顔に笑顔が戻った。

「冗談なんかじゃないわ。実家が貧乏だとあなたが振り向いてくれないと思ったから嘘を吐いたのよ」

華は無表情にシナリオにはない真実を告げた。

「嘘だろう……君は、僕のことが好きだから付き合ったんだろう？」

俊の顔から笑顔が消えた。

「好きよ。『日南ホテルリゾート』の御曹司のあなたのことがね」

華の言葉に、俊の表情筋が強張った。

「君は……僕の家柄が魅力で婚約したっていうこと？」

掠れた声で、俊が言った。

「そうよ。セレブ妻という名声がほしくて、誰からも羨ましがられて、気を遣って貰える立場がほしくてあなたに近づいたの。『日南ホテルリゾート』の御曹司であれば、あなたでなくてもよかったのよ」

「なっ――」

俊が絶句した。

「嘘だ……嘘だと言ってくれ……」

我に返った俊が、半べそ顔で言った。

「でも、違った……」

華は放心状態で言いながら、ウエディングドレスを脱いだ。

「なにが……なにが違うんだい⁉　そんな悪い冗談を言うなんて、なにか気に障ることがあったんだろう⁉　なんでも言ってくれ。悪いところがあったら直すから！」

俊が立ち上がり、必死に懇願した。

「俊さんに直すところなんて一つもないわ。あなたは私にはもったいないほどの完璧な男性よ」

華は言いながら、ピンクダイヤのリングを外した。

「だったら、どうして――」

「ただ、私が夢見ていた景色と現実に見た景色は違ったっていうだけのことよ」

華は俊を遮り、外したリングを足元に脱ぎ捨てられたウエディングドレスの上に落として下着姿のまま出口に向かった。

「そんな格好で、どこに行くんだ⁉」

俊が華の手首を摑んだ。

「終着駅よ」

華は抑揚のない口調で言うと俊の腕を振り払い、試着ルームを出た。

下着姿で裸足（はだし）の華に、ブライダルサロンのスタッフと客の驚きの視線が一斉に注がれた。

華は構わずにフロアを横切り外へ出た。

青山通りを行き交う人々が、弾かれたように振り返った。

華は空車のタクシーの前に飛び出し両手を上げた――急ブレーキをかけたタクシーの後部座席に乗り込んだ。

「急に飛び出して、危ないじゃないか！　いったい、どういうつもりだ⁉」

初老の運転手が振り返り、血相を変えて怒声を浴びせてきた。

華はシートに背を預け、眼を閉じた。

夢を掴む寸前で鏡の中の女性がすべてを手放したのは、どれだけの名声と金を手に入れても無意味と悟ったから——。人間でなければ意味はない。

そう、鏡の中の女性は気づいていた。

自らがウエディングドレスを着た獣であるということに——。

「お客さん、もしかして誰かに襲われたのか⁉」

それまでと一転して心配そうに、運転手が訊ねてきた。

獣は檻の中に入らねばならない。

「一番近くの警察署に行ってください」

華は眼を閉じたまま、運転手に告げた。

エピローグ

『池尻大橋駅の改札口付近で都内の美容室勤務の佐久間恵美さん二十六歳が、男に下腹部を刺されました。男はその場にいた駅員二人に取り押さえられ駆け付けた警察官に逮捕されました。男は自称芸能プロダクション経営者の皆本太一容疑者六十五歳で、仕事がうまくいかずに死のうとしたが死にきれず、誰でもいいから殺して死刑になりたかったと供述していま す。刺された佐久間さんは病院に搬送され、命に別状はないとのことです。次のニュースです』

「怖いわね〜。死にたいんなら人を巻き添えにしないで、一人で死んでほしいわよね〜。まったく」

ゆきと並んでカウンターに座りニュースを観ていた昌子が吐き捨てた。

「だいたい死にてえなんてほざいてる時点で、甘ったれてんだよ。つらいことあるたびに死んでたらよ、俺なんか千回以上は死んでなきゃなんねえよ。店はこの通り閑古鳥が鳴いてるし金はねえしよ。それでも女房のために一攫千金狙って前向きに生きてんじゃねえか」

カウンターの端——正蔵がビールのグラスを片手に、競馬新聞に印をつけながら嘯いた。

「なーにが女房のために前向きによ！　あんたがギャンブルをやりたいだけでしょうが！　日が高いうちから仕事もしないで酒飲んでさ、あんたのほうこそ一度くらい死んでみたいと思えば？」

昌子が正蔵を罵った。

「おいおい、ゆきちゃん聞いたか？　コロナ禍でお上の犠牲になって瀕死の旦那に、ウチの女房はこんなこと言うんだぞ。信じられるか？」

正蔵が下唇を突き出し肩を竦めた。

「コロナコロナってね、なんでもコロナのせいにするんじゃないわよ！　近所の飲食店は同じ状況でもデリバリーやテイクアウトで売り上げを伸ばしてるっていうのに、あんたも酒ばっかり喰らってないでなんとか——」

「すみません！　お話の続き、よろしいですか？」

ゆきは意を決して、二人の話に割り込んだ。

会社を休んでまで「団欒」を訪れたのは、夫婦喧嘩を観戦するためではない。

「あ、ああ、ゆきちゃん、ごめんなさいね。華の件だったわよね？」

昌子が思い出したように言った。

「はい。華から連絡はありませんか？」

ゆきはようやく本題に入った。

「ないわねぇ。そもそも家出同然に出て行った子だから、連絡なんてしてこないわよ。ここまで育てたのに、恩知らずな子だわ」

昌子が吐き捨てた。

三ヵ月前――。ゆきは、五百五十万を借りにきた華と喧嘩別れをしたことが気になり、電話とＬＩＮＥをそれぞれ数十回したが、無視された。

昨日、ゆきは、華が俊に借りて貰った青山のマンションに立ち寄り管理人に話を聞いたが、数日前に解約されたという。

華は、どこへ行ってしまったのだろうか？

俊とは別れたのか？

喧嘩だけならゆきと話したくないのだろうと気にしないが、偽父役をやっていた元舞台俳優の男に三千万を強請られていたという話を聞いていたので心配だった。

しかも消費者金融や闇金融から、二千万もの借金までしているのだ。

なにか事件に巻き込まれてはいないかと胸騒ぎに襲われ、華の実家を訪れたのだった。

「その点につぃちゃ、俺も同感だ。財閥のカモを捕まえたと思ったら毎月五十万のはした金で親を捨てるんだからよ。ひでえもんだ」

正蔵が苦虫を嚙み潰したような顔で言った。

「あの、実は、お話ししておきたいことがあるんです」

ここにくるまでの間、華の両親に言おうかどうか迷っていたがゆきは意を決した。

なにか大変なことが起きてからでは手遅れなのだ。

「なんだい、話しておきたいことって？」

昌子が訝しげな顔をゆきに向けた。

「華はある男に三千万を払えと恐喝されていました」

「恐喝⁉」

「三千万⁉」

昌子と正蔵が揃って素頓狂な声を上げた。

「ええ。華は俊さん——婚約者の方ですが、俊さんと結婚するために偽の両親を雇っていました」

「偽の両親を雇うって、どういうことだ⁉」

正蔵が血相を変え、身を乗り出した。

「ご存知かもしれませんが、俊さんは『日南ホテルリゾート』の会長の次男です。つまり、財閥の御曹司です。食堂の娘では俊さんの両親に断られると考えた華は、社会的地位のある親を作るために人材派遣会社で偽両親役の男女を雇ったというわけです」

「偽の親を雇ってまで金持ちと結婚したかったわけ⁉　なんて欲深い子かしら！」

昌子が掌でカウンターを叩き憤った。

「まったくだ！　そんな金があるなら、どうしてウチに入れねえんだ！」

正蔵が丸めた競馬新聞でカウンターを叩き憤った。

ゆきは華の両親のリアクションに違和感を覚えた。

この二人は、娘のことが心配じゃないのか？

とくに正蔵は、金のことばかりだ。

「しばらくは順調に運んでいたみたいですけど、あるときから偽の父親役の男が華を脅し始めました。三千万を支払わなければ、俊さんにすべてをバラすと――」

「三千万なんて、華が払えるわけないでしょうに」

昌子が呆れたように言った。

「いえ、消費者金融と闇金融から二千万を借りて、あとは俊さんに貰ったプレゼントを売ったりして、二千五百万くらいは払ったようです」

「にっ、二千五百万だと⁉」

正蔵が眼を剥き大声を張り上げた。

「二千五百万ですって！　嘘でしょう⁉」

昌子も負けないくらいの大声を張り上げた。

「私も百万を貸しました」

ゆきは言った。

「まさか、華に貸した百万を取り立てにきたのか⁉　あいつとは親子の縁を切ったから、もう、俺らは親じゃなくて他人だ！　あんたに払う金なんぞ、一円もねえよ！」

正蔵が気色ばんで捲し立てた。

「そうよ！　一方的に親子の縁を切って金持ちの男のもとに走ったあの子は、娘でもなんでもない赤の他人よ！　赤の他人の借金を払う筋合いなんてないんだからね！」

昌子がヒステリックに喚き散らした。

華の言う通りだった。

こんな親のために華は、高校時代からバイトを掛け持ちして実家にお金を入れてきたのだ。

不意に、ゆきは胸が締め付けられた。

もっと、華の悩みに親身になってあげたらよかった。

常軌を逸する華に愛想を尽かし、ゆきは距離を置いた。

華はゆきに見捨てられたと思ったことだろう。

唯一、心を開ける親友に突き放され、華はどれだけ哀しかったことか――。

「それにしてもよ、出会ったばかりの男と結婚するために二千五百万も金を作るなら、どうして『団欒』のために借りねえんだよ！　つくづく、親不孝な野郎だよ！」

正蔵が悔しそうに丸めた競馬新聞でカウンターを何度も叩きながら憤った。

「二千五百万もあればウチの店を改装して、お客さんが行列を作る店構えにできたっていうのにさ！　馬鹿だよ！　わけのわからない男にくれてやるなんてさ！」

昌子が口惜しそうに吐き捨てた。

ゆきは間違っていたのかもしれない。

利己的に打算的になってゆく華が心配で、非難ばかりした。

結婚相手に会わせるために、娘に偽の両親を雇われた正蔵と昌子に同情さえしていた。

だが、同情すべきは娘の安否より金ばかりに興味を持つ両親に青春を捧げた華のほうだ。

「一応、言っておきますけど、私はお金を返して貰いにきたわけではありません」

ゆきはムッとした表情で言った。

「じゃあ、なにしにきたんだよ？」

ビールを自棄気味にラッパ飲みしながら正蔵が訊ねた。

「娘さんの安否が心配じゃないんですか⁉　もう三ヵ月も音信不通なんですよ⁉」

「両親を見捨てて、御曹司様と優雅に暮らしてるんだろうよ」

　正蔵が舌を鳴らしつつ、皮肉っぽく言った。

「華は俊さんに借りて貰っていた青山のマンションを引き払っています」

「へぇ〜、あの子、青山なんかに住んでたの⁉　庶民の私達には、足を踏み入れられない世界だわ」

　昌子も正蔵に負けず劣らず皮肉を口にした。

「お二人は、それでも親ですか！」

　無意識に、怒りの言葉が唇を割った。

「な、なんだよ、急に大声出して……。びっくりするじゃねえか？」

　ゆきの迫力に、正蔵がたじろいだ。

「あ、あなたに、どうしてそんなことを言われなきゃならないのよ！」

　昌子は気圧されながらも開き直ってみせた。

「華は高校生の頃から家にお金を入れるためにバイトを掛け持ちして、友達と遊ぶ暇もオシャレをするお金もなかったんですよ！　父さんと母さんが大変だからって、一番みんなと遊んだりオシャレしたい時代を犠牲にして頑張ってきたんですよ！　そんな華が家を飛び出して連絡が取れなくなっているのに、二言目にはお金と華への文句ばかり！　あなた達には、親心ってものがないんですか！」

　ゆきは溜まっていた鬱憤を二人にぶつけた。

「あなた、子供は？」

　昌子が怒りを押し殺した声でゆきに訊ねてきた。

「いません」

「やっぱりね。だから、そんな甘いことばかり言うのね」

　昌子がゆきを小馬鹿にしたように言った。

「どういう意味ですか？」

　ゆきも押し殺した声で訊ねた。

「あなたは華が高校時代にバイトしながら家にお金を入れていた話ばかりするけど、そこまで育てた苦労を考えたことある？　親だから当然なんて言わないでちょうだい。この身体を痛めて華を産んで、父さんと二人で必死に働いたわ。幼稚園、小学校、中学校、高校……華がアルバイトできるほどに立派に育つまでに、どれだけの苦労があったと思うの⁉　そういうことは全部すっ飛ばして、華が青春を犠牲にして働いていただの、私達が華に無心していただの、人聞きの悪いことばかり言わないでちょうだい！」

逆切れした昌子が、ゆきに食ってかかった。

「おうよおうよ！　もっと言ってやれ！　俺らがどれだけ苦労して華を育てたか！　犬だってな、飯を食わせてやりゃ三年は恩を忘れないっつうのによ！」

昌子に乗じて、正蔵が強気に捲し立てた。

「自分の娘を犬と比べるんですか！」

ゆきは正蔵を睨みつけた。

「おう、文句を言わずに従うだけ犬のほうがましだ！」

悪びれたふうもなく正蔵が言った。

「まあ、呆れた。これ以上話しても意味がないので、これで失礼――」

『三ヵ月前、代々木公園で焼死体で発見された橋本進さん五十八歳を殺害したと、佐伯華容疑者二十八歳が渋谷警察署に自首しました。渋谷署は当初橋本さんは自殺だと発表していましたが――』

「嘘――」

ゆきは絶句した。

テレビには、華の顔写真が映し出されていた。

「おいっ……あれは、華じゃねえのか⁉」

正蔵がテレビを指差し大声を張り上げた。

「どうして……どうして華が……」

昌子が蒼白な顔で呟いた。

『佐伯容疑者は殺害理由については語りたくないと、黙秘を貫いている模様です』

「ちょ、ちょっ……なにかの間違いじゃねえのか⁉　どうして、華がこんなおっさんを殺さなきゃなんねえんだよ！」

正蔵が取り乱し、ビールのグラスを床に落とした。

「間違いに決まってるわ……華が……人を殺すわけないじゃない……」

昌子が放心状態で呟いた。

ゆきにはわかっていた。

橋本進が偽父を演じた元舞台俳優で、華を恐喝していたということが。

翌日までに五百五十万が揃わなければ大変なことになると動転する華を、ゆきは冷たく突き放した。

あのときゆきがお金を貸していれば、華は殺人犯にならなかったに違いない。

もちろん、ゆきにそんな大金は用意できなかった。

だが、もし貯金があったにしてもゆきは華に金を貸さなかっただろう。

このままでは華がどんどんおかしくなってしまうと判断したゆきは、しばらく距離を置こうと決めた。

ゆきの判断が、結果的に華を本当に狂わせてしまった。

激しい罪悪感にゆきは襲われた。

自分がもっと親身になっていたら、華に付き添い橋本に会っていたら、親友を地獄に落とすことはなかった。

「殺された男に、華は強請られていました。三千万を支払わなければ、偽の父親を頼まれてやっていたことを婚約者の御曹司にバラすと……。残り五百五十万が用意できなかったことで、男と揉めたんだと思います」

ゆきは虚ろな瞳で宙をみつめながら、上ずる声で説明した。

「そんな馬鹿な話があるか！　代々木公園で黒焦げで発見された猫殺しの変態男のニュースは俺も見たが、あれは自殺だろうが⁉　警察もそう発表してんのに、どうして華が犯人になるんだ⁉　俺は納得できねえよ！」

「そうよ！　華が人殺しなんてするわけないわよ！」

ろくでもない親でも、我が子を信じる気持ちは残っているようだ。

もっと早くに、二人が娘に愛情を注いでいたらこんなことには——。

ゆきは思考を止めた。

時既に遅し――華はもう、取り返しのつかない事件を起こしてしまったのだ。

「残念ですが、報道は事実だと思います。華は俊さんとの結婚にすべてを賭けていました。もう、地獄には戻りたくない、実家には戻りたくない、そう言ってました」

「ウチが地獄だっつうのか⁉」

正蔵の血相が変わった。

「あんた、いまはそんなことで怒ってる場合じゃないでしょう！　華が殺人犯にされてしまうかもしれないのよ！」

昌子が正蔵を窘めた。

「おお、そうだった。華を刑務所に入れるわけにはいかねえ！」

「あの子に刑務所暮らしなんてさせられないわ！」

ゆきは勘違いしていたのかもしれない。

やはり人の親だ。

正蔵も昌子も、華のことが心配なのだ。

「華が刑務所に入ったら、五十万の仕送りはどうなるんだ⁉　お、俺らの老後はどうなるんだよ⁉」

正蔵の言葉に、ゆきは耳を疑った。

「なに言ってんのよ⁉　そんなことより、あの子が有罪になったら、私達は殺人犯の親になるのよ⁉　ここにも住めなくなるし、生涯、世間から白い目で見られるのよ！」

昌子の言葉に、ゆきは耳を疑った。

勘違いではなかった。

やはり、この親達はろくでなしだ。

ゆきは席を立ち、無言で出口に向かった。

足を止め、振り返った。

「あんた達が、華を地獄に落としたのよ」

ゆきは正蔵と昌子に吐き捨てるように言うと、「団欒」を出た。

通りに出て、タクシーの空車を拾った。

「渋谷警察署まで」

ゆきは運転手に告げると、シートに背を預け眼を閉じた。

昔もいまもこれからも、華の味方は自分しかいない。

この作品は書き下ろしです。原稿枚数488枚（400字詰め）。

幻冬舎文庫

●好評既刊
仁義なき絆
新堂冬樹

児童養護施設で育った上條、花咲、中園。結束は家族以上に固かったが、花咲が政府や極道も一目置く宗教団体の会長の孫だった事実が明らかになり、組織の壮絶な権力闘争に巻き込まれていく。

●好評既刊
夜姫
新堂冬樹

花蘭は男たちを虜にするキャバクラ界の絶対女王だが、乃愛にとっては妹を失う原因を作った憎き女だ。復讐のため、乃愛は昼の仕事を捨て、虚と実、嫉妬と憎悪が絡み合う夜の世界に飛び込む。

●好評既刊
不倫純愛　一線越えの代償
新堂冬樹

夫への愛情を失った四十歳の香澄が、二十七歳のダンサーと出会う。隆起した胸筋やしなやかな指先——肉体に惹かれて一線を越えるも、夫の激しい抵抗に遭う……。エロス・ノワールの到達点！

●好評既刊
東京バビロン
新堂冬樹

誰もが羨む美貌とスタイルを誇る音菜は人気絶頂のモデルだったが、トップの座と恋人を後輩に奪われた。音菜は塩酸を後輩の顔に投げつける……。疾走する女の狂気を描ききる暗黒ミステリ！

●好評既刊
悪虐
新堂冬樹

最愛のサキが癌で余命を宣告され、修次の凄まじい凶行が始まった。いたいけな少年の顎をライターで炙り、無垢な少女を家族の前で凌辱する。その刃は、恩人にも……。血塗られた超純愛小説！

幻冬舎文庫

●好評既刊
溝鼠（ドブネズミ）
新堂冬樹

復讐を請け負う代行屋、鷹場英一。人の不幸とカネを愛し、ターゲットに最大の恥辱と底なしの絶望を与えることを何よりの生きがいとしている――。人間の欲望を抉り出す暗黒エンタテインメント。

●好評既刊
毒蟲（ドクムシ）VS.溝鼠（ドブネズミ）
新堂冬樹

別れさせ屋・大黒は復讐代行屋・鷹場に恋人との仲を引き裂かれ、深い怨念を抱いていた。そんな大黒に鷹場を逆襲する機会が訪れる。壮絶な戦いが再び始まった……。傑作痛快クライムノベル！

●好評既刊
ブラック・ローズ
新堂冬樹

視聴率至上主義のテレビ業界で、父親を自殺に追い込んだドラマ界の帝王・仁科を蹴落とすため、女性プロデューサー・唯は、情も倫理も棄てて暗躍する……。珠玉のノンストップ・ミステリー！

●好評既刊
聖殺人者
新堂冬樹

新宿でクラブを営むシチリアマフィアの冷獣・ガルシアは、シチリアの王・マイケルから最強の殺戮者を放たれ、暴力団も交えた壮絶な闘争に巻き込まれた……。傑作ノンストップ・ミステリー！

●好評既刊
悪の華
新堂冬樹

シチリアマフィアの後継者・ガルシアは仲間に裏切られ、家族を殺された。復讐を胸に祖母が生まれた日本へ。金を稼ぐために極道の若頭・不破の暗殺を請け負う……。凄絶なピカレスクロマン！

ろくでなしとひとでなし

新堂冬樹（しんどうふゆき）

令和4年2月10日　初版発行

発行人——石原正康
編集人——高部真人
発行所——株式会社幻冬舎
〒151-0051東京都渋谷区千駄ヶ谷4-9-7
電話　03(5411)6222(営業)
　　　03(5411)6211(編集)
　　　振替00120-8-767643
印刷・製本—図書印刷株式会社
装丁者——高橋雅之

幻冬舎文庫

ISBN978-4-344-43167-6　C0193　し-13-26

幻冬舎ホームページアドレス　https://www.gentosha.co.jp/
この本に関するご意見・ご感想をメールでお寄せいただく場合は、
comment@gentosha.co.jpまで。